방관자

방관자

방관자인가? 다음 희생양인가?

제임스 프렐러 지음 :: **김상우** 옮김

미래인

방관자

1판 1쇄 발행 2012년 3월 5일
1판 34쇄 발행 2023년 11월 1일

지은이 제임스 프렐러 **옮긴이** 김상우 **펴낸이** 김민지 **펴낸곳** 미래M&B
등록 1993년 1월 8일(제10-772호) **주소** 서울시 마포구 동교로 134(서교동 464-41) 미진빌딩 2층
전화 02-562-1800(대표) **팩스** 02-562-1885(대표) **전자우편** mirae@miraemnb.com
홈페이지 www.miraeinbooks.com **블로그** blog.naver.com/miraeibooks **인스타그램** @mirae_inbooks

ISBN 978-89-8394-696-6 03840

"결국 우리는 적의 말이 아니라, 우리 친구들의
침묵을 기억하게 될 것입니다."

— 마틴 루서 킹

"비폭력은 악을 행하는 인간의 의지에

양전히 복종하는 것이 아니고,

폭력자의 의지에 대해서

온 영혼을 던지는 것이다."

―마하트마 간디

차례

1장
케첩 보이

에릭 헤이스가 처음 그를 봤을 때, 데이비드 할렌백은 뛰고 있었다. 뛴다고 했지만, 제대로 뛰는 건 아니고 짧은 다리로 비틀거리며 뒤뚱거리고 있었다고 해야 맞을 것 같다. 그렇게 뒤뚱거리며 달려오다 두려운 듯 뒤를 돌아보는 순간 발이 겹질려 앞으로 넘어질 뻔했다. 할렌백은 잠시 숨을 고르다가 비틀거리며 다시 달리기 시작했다.

할렌백은 어떤 곳을 향해 달려가는 게 아니라, 어떤 곳에서 벗어나려는 중이었다. 정확히 말하자면 도망치고 있었다.

엄청 겁에 질린 채 말이다.

에릭은 할렌백을 전혀 본 적이 없었다. 그도 그럴 것이, 롱아일랜드 벨포트라는 마을에서 에릭은 아는 애가 거의 없었다. 에릭은 농구공을 바닥에 튕긴 후 다시 잡아 능숙하게 손가락으로 돌렸다. 중학교 뒤에 딸린 넓은 공터에는 어떻게든 살려고 뒤뚱거리며 달려오는 곱슬머리의 할렌백 말고는 아무도 보이지 않았다. 할렌백은 목숨을 부지하려고 결사적으로 도망치고 있었기 때문에 보기가 안쓰러웠다.

에릭은 제자리에 서서 성의 없는 슛을 날렸다. 공은 당연히 골대를 빗나갔다. 링 왼쪽을 맞고 튕겨 나온 공이 농구장을 벗어나 잔디밭 쪽으로 굴러갔지만, 에릭은 공을 잡으려 하지 않았다. 에릭은 벌써 한 시간째 혼자서 슛만 하고 있었다. 혼자 게임을 하고 있는 건지, 아니면 무료하게 시간만 죽이고 있는 건지, 에릭 자신도 몰랐다. 에릭은 피곤했고 약간 지루했다. 그렇지 않았다면, 링을 맞고 튕겨 나온 공을 잽싸게 잡아 다시 슛을 했을 것이다. 하지만 만사가 귀찮았던 에릭은 농구장을 벗어난 공이 잔디밭으로 굴러가도록 내버려두고 엉덩이에 손을 올려놓은 채 잔디밭을 가로질러 달려오고 있는 할렌백을 지켜봤다.

'저 애는 날 못 본 모양이군.' 에릭은 속으로 생각했다.

농구장 뒤에는 파이널 레스트 애완동물묘지가 자리 잡고 있었다. 엄마 말에 따르면, 그 묘지는 미국에서 세 번째로 큰 애완동물묘지였다. 하지만 엄마의 그런 말도 오하이오에서 낯설고 먼 롱아일랜드(뉴욕 주 남동부에 있는 섬:옮긴이)로 이사한 에릭의 맘을 달래주진 못했다. 사실 새로 이사한 동네에 거대한 동물묘지(죽은 고양이와 개, 그리고 사람들이 묻어버리고 싶은 온갖 잡동사니가 파묻힌)가 있다고 해서 기분이 좋아질 사람은 아무도 없을 것이다. 에릭은 펠트 천으로 만든 작은 관에 애완용 도마뱀을 고이 모셔놓은 사람도 봤고, 배가 불룩한 베트남 미니돼지나 앵무새를 키우는 사람도 봤다. 사람들의 애완동물 취미는 정말 가지각색이었다. 하지만 키우던 애완동물을 진짜 공동묘지에 묻고 그럴싸한 비석까지 만들어 세우는 건 정말 희한하고 웃기는 일이었다. 에릭은 '그건 좀 오버'라고 생각했다.

할렌백이 가까이 다가왔을 때, 에릭은 그 애의 셔츠가 찢어진 걸 발견했다. 옆구리가 터져서 셔츠 자락이 마구 펄럭거리고 있었다. 그리고…… 피인가? 그 애의 셔츠와 청바지 여기저기에 검붉은 얼룩이 묻어 있었다(8월의 찌는 듯이 더운 여름날에 그런 옷을 입고 있는 것도 이상했다). 피가 아니라 그냥 페인트 얼룩일 수도 있었지만, 확실하진 않았다.

그 애는 학교 건물 뒤쪽에서 달려 나와 공터를 가로질러 뛰면서 계속 고개를 돌려 건물 쪽을 확인했다. 하지만 건물 쪽에는 아무것도 보이지 않았다. 괴물도, 악마도, 유령도, 그 어느 것도 전혀 보이지 않았다.

에릭은 잔디밭으로 가서 농구공을 집어 들고 옆구리에 낀 채 그 애를 바라봤다. 그 애는 에릭 쪽으로 달려오고 있었지만, 여전히 에릭을 발견하지 못한 채였다.

"야, 너 괜찮아?"

에릭의 목소리는 부드럽고 친절하기까지 했지만, 그 애는 대포를 떠난 포탄처럼 멈추지 않고 곧장 달려왔다. 그러다가 잠시 멈춰 서더니 에릭을 봤다. 그 애의 하얀 얼굴에는 주근깨가 있었으며, 눈은 작고 흐리멍덩했다. 밑으로 처진 입술은 타이어 튜브처럼 퉁퉁했다. 그 애의 표정은 신문지 뭉치로 엄청 얻어맞은 개처럼 불안과 의심으로 가득 차 있었다.

에릭은 한 걸음 다가가 그 애의 셔츠를 가리키며 물었다.

"그거 피냐?"

에릭의 질문에도 그 애 얼굴은 멍했다. 무슨 말인지 못 알아들은 듯했다.

"네 셔츠에 묻은 거 말이야."

에릭이 다시 말했다.

그제야 그 애는 자기 셔츠를 내려다봤다. 그러곤 다시 얼굴을 들어 에릭을 바라봤지만, 여전히 황량하고 활기 없는 눈빛이었다. 그때 그 애의 눈에서 순간적으로 뭔가 번뜩였다. 그건 증오였다.

뜨겁고 암울한 증오.

"아…… 아니야…… 피…… 아니야."

그 애가 떨리는 목소리로 더듬거리며 말했다.

그게 뭐든 간에 붉고 끈적끈적한 것이 그 애의 셔츠와 바지에 얼룩져 있었다. 에릭은 그 애의 머리에서도 붉은 얼룩을 발견했다. 그리고 그 얼룩에서 풍겨나는 냄새를 맡을 수 있었다. 익숙한 냄새였고, 에릭은 그게 뭔지 알아챘다. 바로 케첩이었다. 그 애는 케첩 범벅이었던 것이다.

에릭은 한 걸음 더 다가갔다. 그 애의 눈은 공포로 가득 차 있었다. 긴장해서 한 걸음 뒤로 물러선 그 애는 머리를 돌려 다시 학교 건물 쪽을 바라봤다. 그러곤 말없이 에릭을 지나쳐 달리더니 농구장을 지나 담 사이에 난 개구멍을 통해 애완동물묘지로 들어갔다.

"헤이!" 에릭은 그 애를 불렀다. "난…… 나쁜 애가 아니야."

하지만 케첩 보이는 이미 애완동물묘지 안으로 사라진 뒤였다.

2장

꽃미남 그리핀

그리고 에릭이 예상한 대로 곧 그들이 나타났다. 세 명의 남자애와 한 명의 여자애. 모두 자전거를 타고 있었다.

에릭은 농구장 숫 라인에 서서 공을 바닥에 두 번 튕긴 뒤 공을 잡고 손가락으로 공의 감촉을 느꼈다. 자유투는 정확한 숫 동작을 익히기 위한 연습이었다. 에릭은 깊이 숨을 들이마셨다 내뱉은 다음 무릎을 굽히고 골대를 응시했다. 그리고 손을 뻗음과 동시에 손목을 비틀어 숫을 했다. 그물망을 철렁이며 공이 정확히 골인됐다. 완벽했다.

네 명의 사냥꾼이 큰 벽돌건물 한쪽에서 쏟아져 나왔다. 그 애들은 자전거 페달을 마구 밟아대지도 않았고, 그렇게 서두르는 것 같지도 않았다. 대신 서로 얘기를 나누며 깔깔 웃어댔다. 추적은 끝난 것 같았다.

에릭은 다시 공을 잡고 숫 라인에 섰다. 그리고 케첩 보이가 도

16

망간 쪽을 흘끔 바라봤다. 아무 흔적도 없었다. 케첩 보이는 애완 동물묘지의 묘비명 사이로 유령처럼 사라져버렸다. 이제는 에릭 혼자만 있었고, 사냥꾼들은 에릭을 향해 다가오고 있었다. 처음 엔 먼 수평선 위에 떠 있는 네 척의 배처럼 출현했지만, 그리고 이쪽저쪽 지그재그로 움직였지만, 빨간 반바지와 흰색 스니커즈 운동화에 소매 없는 티셔츠를 입고 있는 에릭을 향해 오고 있는 게 분명했다.

선두에 선 덥수룩한 머리의 소년이 숏 라인과 골대 중간에 와서 자전거를 멈춰 세웠다. 그 애는 한 발로 자전거를 지탱하고 자전거에 앉은 채 에릭을 바라봤다. 에릭도 그 애를 바라봤다.

곱슬머리에 빗질도 하지 않은 소년의 갈색 머리카락은 눈 주변과 귀 밑까지 흘러내렸고, 입술은 두툼하고 속눈썹은 길었다. 전체적으로 부드러운 인상이었다. 나이는 에릭과 비슷해 보였는데, 어쩌면 한 살 정도 더 많을 수도 있었다. 상당히 예쁘장하게 생긴 꽃미남이라고 에릭은 생각했다. 그렇게밖에 표현할 수 없었다.

나머지 세 명도 자전거에서 내리지 않았다. 그 애들은 천천히 농구장을 돌기 시작했다. 에릭을 가운데 두고 돌면서 마치 올가미를 조이듯 서서히 원을 좁혀왔다. 그러면서도 마치 누군가의 명령을 기다리는 것처럼 아무 말도 하지 않았다.

에릭은 뭔가 안 좋은 일이 생길 것 같은 느낌이 들었다. 혹시 무슨 일이 생기면 그것을 피할 수 있을까 하는 의문도 들었다. 자전거를 탄 아이들은 썩은 시체 주변에 모인 독수리 떼처럼 에릭의 주위를 돌고 있었다. 에릭은 자기가 이런 일을 겪는다는 게 실감 나지 않았다. 지금 벌어지고 있는 일이 영화나 드라마의 한 장면 같이 느껴지기도 했다.

"여기, 어떤 녀석 지나가는 거 못 봤냐?"

꽃미남 소년이 물었다.

"감자튀김같이 케첩을 뒤집어쓴 녀석 말이야."

비쩍 마르고 뾰족한 얼굴을 한 남자애가 이어 말하더니 큰 소리로 웃었다. 그러자 다른 남자애가 따라 웃었다.

에릭은 눈이 마주치는 걸 피하면서 그 애들을 흘낏 바라봤다. 그러곤 다시 고개를 돌려 대장 격인 꽃미남 소년을 보고 어깨를 으쓱하며 말했다.

"난 슛만 하고 있었거든. 그래서……."

"아무도 못 봤단 말이지, 엉?"

갈색 머리의 꽃미남 소년이 자전거에서 내리면서 물었다. 그러더니 거칠게 자전거를 땅바닥에 내동댕이쳤다. 그 애는 덩치가 그렇게 크지도 강해 보이지도 않았지만, 태도만은 아주 자신만만했다. 냉정했고, 긴 속눈썹과 두툼한 입술에서는 비정함이 느껴졌다.

에릭에게 다가온 꽃미남 소년이 팔을 벌려 손뼉을 치며 말했다.

"그 농구공 좀 줘봐."

에릭은 주저하지 않고 그 애에게 패스했다.

"그래, 여기 있다."

모르는 애한테 자기 공을 넘겨주는 것에 아무 불만이 없다는 듯한 말투였다.

다른 두 남자애는 자전거를 잔디밭에 눕혔다. 그리고 그들과 함께 나타난 여자애. 높고 둥근 이마에 가운데 가르마를 탄 금발 머리의 여자애는 계속 자전거에 앉아 핸들을 만지작거리면서 아무 말 없이 이 모습을 지켜보고 있었다.

"새로 이사 왔냐?"

갈색 머리 소년이 물었다. 그 애는 조금 서툴게 드리블을 했는데, 농구를 많이 한 솜씨는 아니었다.

에릭은 고개를 끄덕였다. 사실 에릭은 이곳에 이사 온 지 얼마 되지 않았다. 에릭은 직감적으로 조심해야 한다고 느꼈다. 이런 우연한 만남은 둘 중 하나로 결론 나기 마련이다. 잘될 수도 있고 일이 꼬일 수도 있다. 어떤 나쁜 말도 행동도 없었지만, 뭔가 으스스한 분위기가 감돌았다. 최소한 에릭은 그렇게 느꼈다. 가슴이 두근거리기 시작했다.

갈색 머리 소년이 골대로 몸을 돌려 슛을 했다. 하지만 공은 백보드를 맞고 튕겨 나왔다. 그 애는 씩 웃더니 어깨를 으쓱했다. 눈도 웃고 있었다.

"난 농구엔 레알 젬병이야. 그건 그렇고, 난 그리핀이야."

"난 에릭이라고 해."

그리핀이 학교 쪽을 가리키며 물었다.

"너, 저 학교로 전학 가냐? 몇 학년이야?"

"맞아. 지금은 중 1이고, 개학하면 중 2야."

"반갑다."

그때 덩치가 크고 손가락이 까진 남자애가 큰 소리로 물었다.

"너, 숙제 잘하냐? 우리 숙제를 해줄 애가 필요하거든."

그러자 얼굴이 뾰족한 녀석이 깔깔대며 웃었다. 녀석의 앞니는 앞으로 크게 튀어나왔고, 검은 머리는 지저분하게 헝클어져 있었다. 에릭은 본능적으로 그 녀석이 싫었다. 족제비같이 생긴 놈이라고 생각했다.

그리핀이 에릭에게 미소를 보내며 말했다.

"쟤들 말은 신경 쓸 필요 없어. 쟤들은 그러는 게 재미있다고 생각하거든. 뭐든 웃자고 하는 말이야. 안 그래, 코디?"

그러자 매부리코에 뻐드렁니를 가진 못생긴 족제비가 씹던 껌으로 풍선을 만들어 터트리며 중얼거렸다.

"좋은 때다, 좋은 때."

그리핀이 다시 에릭에게 말했다.

"미안해. 그건 그렇고, 넌 어쩌다 여기로 이사 온 거야? 우린 여기를 어떻게 탈출할까, 온통 그 생각뿐인데 말이야."

그리핀은 멋진 면이 있었다. 그리핀은 에릭이 부러워하는 자연스러운 리더십을 갖고 있었다. 그의 말은 편안했고 미소는 밝고 매력적이었다. 그리핀은 에릭이 갖고 있지 않은 매력, 말하자면 분명한 존재감을 뽐내는 항상 주인공 같은 애였다.

그리핀이 농구장을 내려다보며 다시 물었다.

"왜 여기로 이사 온 거야?"

"사실, 그건 내 생각이 아니었어. 부모님이……."

에릭은 말을 얼버무렸다. 그리핀이 말을 알아들었을 거라고 생각했다.

그러자 그리핀이 말했다.

"넌 말이 적은 편이구나. 안 그래?"

에릭은 약간 당황해서 머리를 기울인 채 어깨를 으쓱했다.

"소심한 놈이구나!"

덩치 큰 녀석이 소리쳤다.

"입 닥쳐, 드루피. 그 공이나 이리 던져."

그리핀이 말했다. 드루피는 순순히 그리핀에게 공을 던졌다.

"드루피, 드루-피……."

코디가 놀리듯이 흥얼거렸다. 그러자 드루피가 고함쳤다.

"뒈질래?"

그리핀은 코디와 드루피의 대화에 실망했다는 듯 고개를 절레절레 흔들며 에릭에게 말했다.

"드루피(Droopy) 녀석의 원래 이름은 드루 피터슨(Drew Peterson)

이야. 그런데 언제부턴가 우린 '드루프'나 '드루피'로 부르기 시작했어. 그러다 드루피로 낙찰됐지. 녀석은 그 이름을 별로 안 좋아하는 것 같지만 말이야."(droopy는 '축 늘어진, 의기소침한'이란 뜻을 갖고 있다:옮긴이)

그러곤 씩 웃었다.

에릭은 아무 말도 하지 않고 조용히 고개만 끄덕였다.

그리핀이 한 손에 공을 들고 에릭에게 말했다.

"이 공, 우리가 가져도 되냐?"

"뭐라고?"

"이 공 말이야. 이 공, 당분간 내가 가져도 되지? 기념으로 말이야."

그러자 코디가 "옙, 옙, 옙!" 하고 흥얼거렸다.

에릭이 말했다.

"난, 음······."

"음? 뭐가 음이야?"

에릭이 머뭇거리자 그리핀이 끼어들며 말했다. 의도를 알기 힘든 표정이었다.

"너한테 선택권이 있다고 생각하는 거야?"

다른 두 녀석이 양쪽에서 에릭에게 다가왔다. 갑자기 녀석들의 덩치가 크게 느껴졌다. 키는 조금 더 커지고, 표정은 조금 더 무서워진 것 같았다. 마치 재갈을 벗긴 개처럼 말이다.

에릭은 얼른 계산했다. 여자애를 계산에 넣지 않더라도 3:1이다. 여자애는 아무 짓도 하지 않고 그저 바라만 보고 있었다.

'이런…… 선택권이 없구나.' 에릭은 생각했다. 전혀 선택권이 없었다.

3장
농담

에릭은 공을 포기하고 싶지 않았다. 개학이 1주일 남은 지금 이들의 압력에 굴복한다면, 남은 1년 동안 녀석들의 밥이 될 것이란 점을 에릭은 잘 알고 있었다. 정말 웃기는 일이었다. 아직 새 학기가 시작되지도 않았는데, 벌써부터 시험을 치르게 된 것이다.

"사실, 음…… 괜찮진 않아."

에릭은 우는 소리를 하거나 애원하지 않았다. 그저 담담하게 말했다. 하늘은 푸르렀고, 잔디는 파랬으며, 에릭은 그놈의 공을 빼앗길 게 분명했다.

"하지만 공을 갖고 놀아도 돼." 에릭은 얼른 덧붙여 말했다. "내 말은, 좀 있다 집에 가려고 했거든. 그런데……."

그러자 그리핀이 큰 소리로 웃으며 말했다.

"짜식, 그냥 장난으로 한 말이야."

그러곤 에릭에게 냅다 공을 패스했다.

"난 농구를 안 좋아하거든."

그때 잠자코 있던 여자애가 말했다.

"가자, 그리핀. 재미없다. 너무 더워. 신제이를 찾아서 걔네 풀장에나 가자."

그리핀은 여자애를 보고 고개를 끄덕이며 말했다.

"좋아. 그러자."

그러곤 에릭에게 말했다. 마치 모든 말을 함축하고 있다는 듯, "그래서"란 말에 특히 힘을 주고 말했다.

"그래서…… 여길 지나간 애를 못 봤단 말이지? 확실하지?"

에릭은 그리핀의 눈을 빤히 쳐다보며 말했다.

"난 숏만 하고 있었어. 다른 데는 신경 쓰지 않았거든."

"알았다. 네 말을 믿어보지."

그리핀은 주변을 한번 둘러보더니 자기 손을 가슴과 배에 비벼 댔다.

에릭은 그리핀의 눈에서 의심하는 기색을 느낄 수 있었다. 그래서 덧붙여 말했다.

"누굴 봤는지도 모르지만, 만약……."

그러자 그리핀은 날카로운, 비웃는 듯한 말투로 말했다.

"그래, 넌 그 녀석을 못 봤어. 네가 녀석을 못 봤다고 문제될 건 없어. 우린 그냥 우리 친구를 찾고 있었을 뿐이야. 알겠어?"

에릭은 알았다고 답했다.

그러자 그리핀의 표정이 밝아졌다. 그리핀은 손가락을 튕기면서 말했다.

"헤이, 좋은 아이디어가 떠올랐어. 정말 재미있을 거야, 에릭. 네가 숏을 해서 골인시키면 공을 네가 계속 갖고, 만약 실패하면 우리가 갖는 걸로 하자."

"그거 멋진데." 드루피가 말했다.

"옙, 옙, 옙." 코디도 소리를 질렀다.

에릭은 코디가 누구 목소리를 흉내 내는지 알아챘다. 녀석은 만화영화 〈공룡시대〉에 나오는 익룡 페트리의 목소리를 흉내 내고 있었다. 에릭의 남동생 루디는 1년 내내 이 만화영화에 빠져 살았었다.

"가자, 그리핀. 시시하고 재미없어." 여자애가 계속 졸라댔다.

에릭은 어떻게 할지 생각했다. 그리핀의 제안대로 해서 좋을 것은 하나도 없었다. 잘해야 본전이었다. 그래서 에릭은 말했다.

"알았어. 한 번 숏하는 걸로 하자. 그런데 내가 이기면 넌 뭘 줄 건데?"

그러자 그리핀이 탄성을 지르며 말했다.

"와우, 에릭. 너, 지금 우리랑 흥정하자는 거냐, 엉? 좋아! 짜식, 대단한데."

그때 여자애가 말했다.

"저 애가 골을 넣는 데 1달러 걸게."

"난 그리핀." 코디가 말했다.

그리핀은 짐짓 놀란 듯 눈썹을 치켜세우고 여자애를 보며 말했다.

"새로 이사 온 녀석이 맘에 드는 거야?"

여자애가 바보 같은 소리 하지 말라는 표정으로 말했다.

"오, 그리핀. 얼른 마무리하고 가자니깐."

그래서 에릭은 두 번 공을 바닥에 튕긴 후 깊이 숨을 들이마시고 슛을 했다. 그런데…… 공이 완전히 빗나갔다. 링은커녕 백보드도 못 맞혔다. 완벽한 실패였다. 에릭은 가슴이 무너져 내리는 것 같았다.

"똥볼!" 드루피가 신나게 낄낄대며 소리쳤다.

"나한테 1달러 빚졌다, 메리!" 코디가 외쳤다.

메리. 그 여자애의 이름은 메리였다.

그리핀은 공을 잡아 바닥에 놓더니 그 위에 발을 올려놓고 잠시 생각에 빠졌다. 그러다가 공을 천천히 에릭에게 굴려 보냈다.

에릭은 몸을 굽혀 공을 집어 들었다. 그 순간 "고맙다"는 말이 반사적으로, 아무 생각 없이, 아주 당연하다는 듯이 혀에서 굴러 나왔다. 고맙다니…… 에릭은 곧 그렇게 말한 걸 후회했다. 정말 바보 같은 말 아닌가? 내 공을 빼앗아가지 않았다고 녀석들에게 고맙다고 하다니!! 그런데 사실 녀석들이 고마웠다. 정말이지 비극이 아닐 수 없었다.

"완전 실망이다, 에릭. 골을 넣을 줄 알았는데 말이야."

그리핀은 자전거에 올라타면서 말했다.

"학교에서 보자. 누가 아냐? 수업 몇 개 같이 들을 수도 있잖아? 뭐 문제될 건 없지? 도서관도 같이 가고 숙제도 같이 하게 될 수도 있겠지!"

그러곤 이 모든 게 농담이었다는 듯이 아주 친근하게 웃어댔다.

"그래."

에릭은 힘없이 답했다.

곧 그들이 떠나갔다. 그리핀이 애완동물묘지를 가리키자, 그들은 담 사이에 난 틈으로 향했다.

에릭은 깊은 숨을 내쉬었다. 목과 어깨에서 긴장이 풀리는 게 느껴졌다. '해방이군.' 아까 내기 골이 빗나간 건 이상할 것도 없는 일이었다. 엄청난 스트레스 때문에 제대로 슛하기 어려웠다. 여자애, 메리가 옳았다. 8월의 농구장은 지옥보다도 뜨거웠다.

그렇게 멍하니 서 있는 사이 그리핀이 다시 돌아온 걸 에릭은 전혀 눈치 채지 못했다. 갑자기 에릭의 등 뒤로 그리핀이 나타나서 말했다.

"어이, 친구!"

에릭은 깜짝 놀랐다.

다른 애들은 보이지 않았다. 에릭과 그리핀, 둘뿐이었다.

"오해하지 않았으면 좋겠다. 우린 그냥 함께 논 것뿐이잖아? 네 공을 가져간 것도 아니고."

"그래, 알아."

에릭은 힘없이 답했다.

"가다 보니까, 네가 걱정하고 서 있는 것 같아서 말이야."

"아냐. 그냥 장난이었다는 거 알아."

그 말에 그리핀은 환한 미소를 보냈다. 그 미소는 그가 즉석에서 만들어낼 수 있는 백만 달러짜리 미소였다.

그리핀은 주먹을 뻗으며 말했다.

"우린 쿨한 사람들이야. 안 그래, 친구?"

에릭도 주먹을 뻗어 그리핀의 주먹에 갖다 댔다.

"물론이지."

그리핀은 두 팔을 활짝 벌리며 말했다.

"벨포트에 온 걸 환영한다. 뭐든 필요한 게 있으면, 그리고 누구라도 널 괴롭히면 나한테 와. 내 이름은 그리핀 코넬리야. 모두날 알고 있지. 내가 널 돌봐줄게. 알겠지?"

에릭은 고개를 끄덕였다.

그리핀은 단단한 손을 에릭의 어깨 위에 올리며 말했다.

"난 친구로 사귀면 아주 좋은 놈이야. 그렇지만 친구가 아닌 애들은 날 피하지."

에릭은 그 말뜻을 잘 알았다.

그리핀은 계속 말했다.

"조만간 우린 잘 어울려 놀게 될 거야. 나중에 우리 동네를 구경시켜줄게. 딱 5분이면 돼. 여기선 할 게 하나도 없거든.”

그러더니 에릭에게 몸을 기울이며 조용히 말했다.

“아까 여자애, 메리가 그러는데, 네가 귀엽다더라.”

그리핀은 씩 웃으며 뭔가 알겠다는 듯한 짓궂은 표정으로 에릭을 흘겨봤다. 그러곤 자전거 페달을 힘차게 밟으며 멀리 사라져 갔다.

4장
새 출발

엄마는 그것을 새 출발이라고 했다. 롱아일랜드로의 이사를 새 출발로 삼아야 한다는 것이었다. 엄마는 막 개업한 슈퍼마켓에서 보내온 광고 전단지 문구를 인상 깊게 보기라도 했던 것처럼 정확히 그렇게 말했다. '새 출발'이라고. "엄마 말을 믿어야 해."

엄마가 그렇게 말하는데, 뭐라고 대꾸하겠는가? 에릭은 시선을 떨군 채 고개를 끄덕이며 말했다.

"물론이죠."

에릭은 당연히 엄마를 믿었다. 그리고 엄마를 사랑했다. 그건 진짜, 진짜 진심이었다. 그런데 엄마가 에릭에게서 원하는 것은 무엇일까? 무지개나 유니콘 같은 것인가?

그래서 엄마는 집을 팔았고, 에릭은 친구들에게 작별을 고했다. 아빠와 헤어진 엄마는 에릭과 남동생 루디를 데리고 동부로 향했다. 세 가족은 이삿짐 트럭을 따라 메릴랜드와 펜실베이니아를 거쳐 뉴욕에 도착했고, 드록스 넥 다리를 건너 최종 목적지인 롱아일랜드에 도착했다. 이곳이 에릭의 새로운 미래가 기다리는 곳이었다.

벨포트는 엄마의 고향으로, 엄마의 오래전 친구들이 몇 명 살고 있었다. 엄마는 친구들에게 생활비를 벌 일자리를 소개해달라고 부탁했고, 큰 회사에 의료기기를 파는 아주 좋은 일자리를 약속받았다. 엄마는 "아주 좋은 돈벌이"라고 했고, "오하이오에 살았을 때도 소금 냄새 나는 대서양이 그리웠다"고 털어놓았다. 벨포트에는 해변 산책로로 이어지는 자전거도로도 있었다. 엄마는 벨포트에 오자마자 당장 짠 바닷바람 냄새를 맡으러 바닷가로 달려갔다.

사실 에릭은 벨포트로 이사 온 것을 별로 좋아하지 않았다. 좋아하는 척하는 일도 갈수록 힘들어졌다.

에릭이 발견한 것은 벨포트에 새 출발 같은 건 없다는 것이었다. 일단 삶이 시작되면 그 삶은 긴 복도 카펫처럼 끝없이 계속 이어지기 마련이다. 삶은 태어나는 순간 시작되어 세상을 떠날 때까지 계속된다. 삶에 컴퓨터의 리셋 버튼 같은 것은 없다. 그래서 다시 시작할 수도 없다. 에릭이 이런 생각을 가장 많이 하게 되는 때는 밤에 혼자 침대에 누워 있을 때였다.

외롭지는 않았다. 하지만 벨포트에서는 아무도 에릭을 아는 사람이 없었다. 혼자라는 것은 외로운 것보다 더 힘든 일이었다.

에릭은 아빠가 그리웠고, 아빠에 대한 생각이 늘 머릿속을 떠나지 않았다. 하지만 에릭은 다시 아빠를 만나게 되면 모른 척하고 무시하기로 다짐했다. 그러면 아빠는 어떻게 나올까? 아마 날카로운 칼이 심장을 헤집고 들어오는 듯한 고통을 느낄 것이다.

에릭은 가정이 깨진 집을 여럿 본 적이 있는데, 이제는 자기 집도 그런 집이 되고 말았다. 에릭은 자기 집에서만은 그런 일이 벌어지지 않기를 빌고 또 빌었다. 더구나 아빠가 떨어져 나가는 식으로 부모님이 헤어지고 가정이 깨지는 것은 전혀 원치 않았다. 아빠가 집을 나가는 경우는 많다. 하지만 대개는 아주 멀리 가는 게 아니라 옆 마을이나 길 아래 아파트로 이사하는 정도였다. 그리고 주말마다 아이들을 찾아오고, 수요일 밤이면 이탈리아식당에서 함께 외식도 했다. 야구도 함께 하고 여름방학 휴가비까지 주는 경우도 많았다. 하지만 에릭의 아빠는 달랐다. 그는 그냥 증발했다. 직장도 그만두고 아무 일도 하지 않았으며, 결국엔 모든 사람의 시야에서 사라졌다. 아빠는 그렇게 사라져버렸다. 꼭 찾아오겠다고 했지만(아니, 혹시 찾아올지도 모르겠다고 했던가?), 마을을 떠난 뒤 다시는 돌아오지 않았다.

엄마는 아빠가 잃어버린 복권이라도 찾으려는 사람처럼 뭔가를 찾아 떠났다고 말했다. "아빠는 다시 돌아올 거야." 엄마는 그렇게 말하곤 했다. "지금은 단지 방황하고 있을 뿐이야. 아빠에겐 잘못이 없단다." 하지만 몇 주가 몇 달이 되고 몇 달이 몇 년이 되도록 아빠는 잃어버린 그 뭔가를 찾지 못하고 여전히 방황하고 있었다. 다시 돌아오지 않은 것은 물론이다. 그래서 에릭과 엄마는 벨포트로 와서 '새 출발'을 해야 했다. 그런데 벨포트로 이사 왔다고 해서 에릭의 삶이 성능이 향상된 신제품 비누처럼 달라질 수 있을까?

아빠의 새 출발은 어땠을까? 그냥 모든 게 엉망이지 않았을까?

그래도 아빠는 CD를 보내왔다. 정말 웃긴 일이었다. 아주 가끔 아빠가 직접 주소를 써 넣은 택배 상자가 에릭에게 날아왔다. 상자에는 아빠가 직접 구운 음악 CD가 들어 있었다. 대부분 쥐라기 시대 공룡들이나 듣던 음악으로 CCR, 밥 딜런, 올맨 브러더스 같은 60~70년대 로큰롤 음악이 들어 있었다. 아빠는 에릭이 이런 노래를 좋아할 거라고 생각한 모양인데, 결과적으로 거의 맞았다. 에릭은 아빠가 보내준 음악들이 오래되긴 했지만 꽤 듣기 좋다고 생각했다. 아빠는 전화도 가끔씩 했는데, 별로 할 말이 없는 것 같았다. 아빠는 마치 짙은 안개 속에 있는 것처럼 머리가 혼란스러운 듯 보였다. 어쨌든 그는 이제 더 이상 옛날의 아빠가 아니었다.

아빠는 에릭이 듣고 싶어 하는 그 어떤 말도 하지 않았다.

아빠는 "난 잘 지낸다. 곧 집으로 돌아갈 거야"라고는 전혀 하지 않았다.

정말 대단한 아빠였다.

34

아빠는 어제도 전화를 했지만, 에릭은 도대체 왜 전화했는지 알수가 없었다. 에릭은 아빠에게 묻고 싶었다. "왜 전화하신 거예요? 무슨 말을 하고 싶으신데요?"

아빠에게서 온 전화는 엄마 손에서 동생 루디에게, 그리고 마지막으로 에릭에게 건네졌다. 아빠와의 통화는 늘 짧고 어색했다. 아빠는 말하기에도 지친 것 같았다.

에릭은 아빠가 멀리 날아간 커다란 새 같다고 생각했다. 에릭이 할 수 있는 일이라곤 멀리 날아가 점점 작아지다가 마침내 구름 속으로 완전히 사라져가는 걸 지켜보는 것뿐이었다. 그것은 일종의 죽음, 허공으로 흩어지는 한 줌의 연기, 사라졌지만 잊히지는 않는 그런 모습이었다.

"넌 아빠를 싫어하는구나." 아빠는 말했다.

에릭은 대답하지 않았지만, 아빠 말 속에 담긴 뜻을 알고 있었다. 사실 아빠가 한 말은 '아빠를 싫어하니? 제발 그러지 않길 바란다'는 뜻이었다. 에릭은 아빠 말 뒤에 숨어 있는 아픔을 느낄 수 있었다. 아빠가 에릭에게서 듣고 싶었던 말은 "오, 아녜요, 아빠. 우린 걱정 마세요. 아빠는 이 세상에서 최고예요"였다.

아빠가 이 세상에서 최고라는 말은 아버지의 날 선물용으로 슈퍼에 진열된 싸구려 커피 잔에 새겨진 흔한 문구에 불과했다. 하지만 에릭은 이제 어린애가 아니었다. 동생 루디와는 달랐다. 에릭은 이제 공포의 13, 열세 살이었다. 생각해보면 알 것이다. 에릭은 더 이상 그런 말을 할 나이가 아니었다. 그런 말을 할 수 있는 마음은 베개에서 빠져나온 솜털처럼 에릭의 몸에서 빠져나와 이미 사라져버렸다. 그래서 에릭은 전화기에 대고 아무 말도 하지 않았다. 아빠는 마냥 에릭의 말만 기다리고 있었다. 에릭이 전화기에 귀를 바짝 대고 있었다면, 아빠가 고통스럽게 "끙" 하는 소리를 들을 수 있었을 것이다. 하지만 그 소리를 들었다 해도 에릭의 기분은 전혀 나아지지 않았을 것이다.

에릭의 말을 기다리던 아빠가 마침내 먼저 입을 열었다.

"알았다. 아무 할 말도 없는 모양이구나. 미안하다, 에릭. 정말 미안해. 어쩔 수 없구나. 아빠는 정말 어쩔 수 없단다."

그다음 딸깍 하며 전화기 꺼지는 소리가 났고, 아빠는 다시 사라졌다. 그렇게 통화가 끝났다.

에릭은 손에 든 전화기를 멍하니 바라보다가 거칠게 던져 꺼버렸다. 그러곤 부엌으로 가서 먹을 것을 찾았다. 라이스 크리스피 한 사발, 프레첼 비스킷 몇 조각이 있었다.

그때 엄마가 곧 저녁을 먹을 테니 쓸데없이 배를 채우지 말라고 잔소리했다. 아, 잔소리, 잔소리, 잔소리. 그래서 에릭은 먹을 것 대신 아이패드를 들고 뒷마당으로 나갔다. 그리고 바닥에 앉아 음악을 틀고 볼륨을 크게 올렸다(에릭은 아빠가 보내준 음악을 아이패드에 옮겨놓고 들었다). 에릭은 욕하지도, 울지도 않았다. 아무런 느낌이 없는 것 같았다. 에릭의 무감각한 머릿속에서 뭔가 미친 듯이 뒤죽박죽 소용돌이치고 있었다. 에릭은 눈을 감고 레드제플린(영국의 전설적 록그룹:옮긴이)의 기타리스트 지미 페이지가 연주하는 〈커뮤니케이션 브레이크다운〉('대화 불통'이란 뜻:옮긴이) 첫 소절을 들었다. D-A-D의 메인 코드로 들어가기 전에 E코드를 기관총처럼 빠르게 연주하는 부분이었다. 지미 페이지의 첫 소절이 끝나자 리드 보컬 로버트 플랜트의 쥐어짜는 듯한 애달픈 목소리가 흘러나왔다. "헤이, 걸, 제발 그만!"

아침에 비가 와서인지 지렁이 몇 마리가 기어 나와 있었다. 에릭은 옆에 있던 막대기를 들고 그중 한 마리를 찍어 눌러 뒤집었다. 에릭은 자기가 그 지렁이 같다고 생각했다. 막대기로 찍혀 눌린 지렁이…… 잠시 후 그런 지렁이 같은 심정으로 에릭은 다시 자기 굴로 들어갔다. 그리고 며칠 후 학교에 갔다. 붉은 벽돌로 지어진 새 굴로.

뭐 새로운 시작일 수도 있었다. 새 출발. 엄마가 그렇게 말하지 않았던가?

새롭고 더 나은 삶을 보장합니다. 맘에 안 들면 환불해드릴게요.

5장

호그와트 마법학교?

벨포트 센트럴 중학교는 주변 네 개의 초등학교를 졸업한 아이들이 입학하는 곳이다. 에릭은 처음엔 센트럴 중학교가 해리 포터 영화에 나오는 호그와트 마법학교 같다고 생각했다. 하지만 곧 센트럴 중학교에 호그와트 마법학교와 달리 폭발하는 젤리빈이나 멋진 마법 같은 것은 없다는 걸 알게 되었다. 그리고 불행히도 타이밍이 중요했다. 센트럴 중학교 1학년 아이들이 1년 동안 함께 지내면서 완전히 한 무리가 된 후에야 에릭이 전학을 온 것은 불운이었다. 1학년 아이들이 2학년이 되었을 때는 모두가 서로를 잘 알았다. 그래서 모두가 서로의 일상에 익숙했고, 주고받는 말도 서로 잘 이해했다. 하지만 에릭은 별 걱정을 하지 않았다. 시간이 지나면 모두 해결될 문제라고 생각했다.

에릭은 등교 첫날 자전거를 타고 학교에 갔다. 에릭이 집을 나설 때까지도 동생 루디는 파자마 바람으로 TV를 보고 있었다. 초등학교는 한 시간 늦게 수업을 시작하기 때문이었다.

에릭이 학교에 도착한 직후, 긴 스쿨버스 행렬이 아이들을 쏟아내기 시작했다. 아이들은 강물이 물결치며 흘러가듯 소리 지르고 재잘거리며 학교로 몰려 들어갔다. 에릭은 학교 건물 계단에 올라서자마자 수많은 아이들 틈에 휩쓸리고 말았다. 아이들은 시끄럽게 떠들며 앞 다퉈 교실로 들어가려고 난리였다. 입술에 딸기 립밤을 바른 여자애들은 비누 냄새를 풍기면서, 남자애들은 겨드랑이 땀 탈취제 냄새를 풍기면서 에릭 옆을 스쳐 지나갔다. 개학날 아침, 희망과 긴장의 순간이었다. 물론 얼마 지나지 않아 모든 아이들이 지루한 선생님과 산더미 같은 숙제에 파묻혀 불평하게 될 게 분명했다. 하지만 최소한 개학날 아침의 처음 몇 초 동안은 희망과 가능성이 넘치고 있었다.

벨포트의 아이들은 오하이오의 아이들과 크게 다르지 않았다. 벨포트 아이들이 좀 더 잘 차려입고 좀 더 도시적이긴 했다. 돈도 좀 더 많고, 휴대폰도 좀 더 멋있는 걸 갖고 있었으며, 개인 노트북도 갖고 있었다. 여자애들은 오하이오 여자애들보다 화장을 좀 더 많이 했고, 머리 스타일도 조금 복잡했으며, 걷는 모습도 좀 더 폼을 잡고 있었다. 에릭은 그게 롱아일랜드와 오하이오의 차이인지, 아니면 성장 과정의 차이인지 알 수 없었다. 외모만 보자면, 벨포트의 여자애들 중에는 이미 다 큰 애들도 있었다. 그중 일부는 에릭보다 몇 살 더 많아 보였으며, 덩치도 꽤 위협적이었다.

등교 첫날 에릭의 두려움은 사라졌다. 벨포트 센트럴 중학교는 넓고 길게 뻗어 있는 미로 같은 복도 때문에 정말 완벽한 학교의 모습을 갖추고 있었다. 여름에 에릭은 새로 입학하는 학생들을 위한 학교 소개 자료를 우편으로 받았다. 거기에는 수업시간표, 교장선생님의 편지(물론 에릭은 읽지도 않고 내팽개쳤다), 16쪽짜리 학과 가이드북(이 역시 팽개쳐두었다), 그리고 학교 지도(이건 외워두었다)가 들어 있었다. 여름방학 동안 에릭은 매일 수업시간표와 학교 지도를 꺼내서 쉬는 시간에 어떤 길을 따라 다음 교실로 이동하는 게 좋은지 일일이 확인해봤다. 에릭은 계획 없이 일을 시작하는 것을 싫어했다. 이런 버릇이 생기게 된 것은 보이스카우트 캠핑을 다녀왔을 때도 평소와 다름없어 보였던 아빠가 다음날 갑자기 사라진 뒤부터였다. 그날 이후 에릭에겐 식사, 옷, 그 밖의 모든 것을 아주 치밀하게 준비하고 미리 계획하는 버릇이 생겼다. 사전에 모든 것을 대비해두어야 한다는 생각 때문이었다. 그 덕분에 지금 에릭은 자기가 어딜 가고 있는지, 뭘 하고 있는지 잘 알았다.

처음 두 시간, 수학과 과학은 그럭저럭 좋았다. 에릭은 그런 어려운 수업은 오전 1~2교시에, 그러니까 잠에서 완전히 깨기 전에 듣는 게 좋다고 생각했다. 그 다음 3~4교시에는 체육과 미술처럼 설렁설렁 들어도 되는 조금 쉬운 과목을 듣기로 했다. 그리고 5~6교시에는 가장 좋아하는 사회와 영어를 듣고 하루를 마치는 것으로 계획해두었다. 물론 담임시간과 점심시간은 이미 정해져 있다. 이건 어쩔 수 없는 부분이다.

아침 9시 52분, 에릭은 담임시간에 맞춰 교실로 가는 중이었다. 복도는 아이들 소리와 장난으로 살아 숨 쉬는 곳이다. 그때 에릭의 등 뒤로 누군가의 몸이 사물함에 쾅 하고 부딪히는 소리가 들렸다. 그와 동시에 "윽" 하는 낮은 소리와 책들이 바닥에 떨어지는 소리가 들렸다.

"바디첵!" 누군가 소리쳤다.

"할렌백, 발 조심해 인마. 수업에 늦겠다." 다른 누군가가 꾸짖듯이 말했다.

그러자 또 누가 "옙, 옙, 옙!" 하며 랩을 해댔다.

에릭은 뒤돌아서지도, 뒤돌아보지도 않았다. 그냥 가던 길을 계속 갔다. 그리핀 코넬리와 또 다른 녀석, 바로 그 족제비 같은 녀석의 웃음소리와 목소리에서 멀어지고 싶을 뿐이었다.

6장
할런백

담임시간은 센트럴 중학교에서 매우 중요한 시간 중 하나다. 담임이자 영어를 가르치는 스코필드 선생님은 "담임시간은 중학 생활의 쐐기다"라면서 수업을 시작했다.

음…… 분명 그렇긴 하다.

한 여자애가 물었다. "쐐기가 뭔가요?"

스코필드 선생님은 잠시 생각하더니 말했다.

"텔레비전에서 서부영화를 본 적이 있지? 그중 〈초원의 집〉이란 영화에 나오는 낡은 포장마차를 본 적이 있을 거야. 포장마차 바퀴가 빠지지 않도록 바퀴 축에 가로로 핀을 꽂아 넣는데, 바로 그런 핀을 쐐기라고 해. 모든 것을 계속 돌아가게 만드는 아주 중요한 것이지. 이제 알겠지?"

에릭은 고작 여섯 명의 학생만 선생님 말을 듣고 있는 걸 발견했다. 더구나 그중 세 명은 선생님의 말을 듣기로 한 걸 후회하는 표정이 역력했다.

머리를 빡빡 민 스코필드 선생님은 그래도 아랑곳하지 않고 계속 말했다.

"쐐기는 팀이나 계획의 성공에 가장 핵심적인 요소다. 담임시간이 바로 그런 것이지."

다른 말로 하면, 담임시간은 무슨 일 때문에 확실히 자유를 제한해야 할 경우만 제외하고는 사실상 자유시간이었다. 학생들은 담임시간에 자기가 원하는 책을 읽거나 공부를 할 수 있고, 못다한 숙제를 할 수도 있으며, 조용히 얘기를 나누거나 서로 어울려 놀 수도 있었다. 다른 선생님을 찾아갈 수도 있고, 특별한 과제가 있다는 것만 증명하면 도서관에 갈 수도 있었다. 물론 맘대로 교실을 나갈 수 있는 자유출입증 같은 최고의 카드는 없었지만, 해야 할 특별 과제가 있다는 걸 증명하는 것도 교실을 탈출할 수 있는 꽤 좋은 방법이었다.

그런데 몇 분 후 며칠 전 농구장에서 봤던 여자애가 미끄러지듯 교실로 들어왔다. 에릭은 그 애 이름을 기억하고 있었다. 메리.

메리는 스코필드 선생님에게 인사하고 "사물함이 고장 나는 바람에……" 어쩌고저쩌고 하더니 교실 뒤쪽 자리에 가 앉았다.

"지각하는 버릇이 생기지 않도록 하자, 오말리 양."

"네, 선생님."

에릭은 몸을 돌려 메리를 봤다. 메리도 에릭을 봤거나, 적어도 누군지 눈치를 챘겠지만, 전혀 그런 기색을 보이지 않았다. 메리는 다른 여자애들과 인사를 나누더니, 곧 함께 어울려 수다를 떨기 시작했다.

몸을 돌려 메리를 보려고 할 때, 에릭의 눈에 전에 알던 누군가를 닮은 조금 낯익은 남자애 얼굴이 보였다. 그 애는 의자에 몸을 웅크리고 머리는 밑으로 처박은 채, 에릭을 곁눈질하고 있었다. 에릭이 고개를 돌려 볼 때마다 그 애는 에릭을 노려보고 있었다. 에릭은 짜증이 났다. 그런데 그때, 얼마 전 농구장에서 애완동물 묘지로 달려가던 남자애가 떠올랐다. 바로 그 애였다! 주근깨가 있는 창백한 얼굴에 곱슬머리. 상처 받고 겁먹은 표정의 그 아이.

에릭은 그 애가 얼마 전 그 '케첩 보이'라는 걸 깨달았다. 그 애도 에릭을 기억하고 있었던 것이다.

에릭은 그 애에게 고개를 끄덕거리며 알은체했다. 그런데 그 애의 얼굴에서 알 수 없는 적의가 번뜩였다. 분명히 화가 난 얼굴이었다. 그 애는 곧 고개를 돌리더니 책상 위에 펼쳐진 책으로 눈길을 돌렸다. 에릭은 바로 그 이유를 알 수 있었다. 그 애는 당황했고, 부끄러웠던 것이다. 그리고 자기의 그런 부끄러운 모습을 목격한 에릭은 녀석들 패거리와 다를 바 없었던 것이다. 의도했든 아니든 간에 어쨌든 에릭은 그 현장에 있었으니 말이다.

선생님이 출석을 부를 때, 에릭은 그 애의 이름이 데이비드 할렌백이란 걸 알게 되었다. 에릭은 그 이름을 좀 전에도 들은 적이 있었다. 그렇다. 에릭은 분명히 기억했다. 누군가 사물함에 부딪히는 소리, 그리고 "야, 할렌백!" 하고 조롱하는 소리를……. 그리핀 말이 맞는 것 같았다. 할렌백은 왕따였던 거다.

앞으로 무슨 일이 벌어지든, 혹은 둘의 인생이 어떻게 얽히든, 에릭은 공포에 질린 채 누군가에게 쫓겨 비틀거리며 달려오던 할렌백의 모습을 영원히 잊지 못할 것이다. 또 그 밖에 무슨 일이 벌어지든, 할렌백을 보면 에릭은 어느 여름날 오후 케첩을 잔뜩 뒤집어쓴, 그리고 수치심으로 뒤범벅이 된 그 애의 모습을 떠올릴 것이다.

그때 누군가 등 뒤에서 말했다.

"내가 너라면 저 애하고 말을 섞지 않을 거야."

에릭은 고개를 돌렸다. 그녀, 갈색 눈의 메리 오말리가 어느새 옆자리에 앉아 있었다.

"뭐라고?"

에릭이 묻자, 메리는 미소 띤 얼굴로 할렌백을 가리키며 말했다.

"저 애 말이야. 저 애랑은 상대 안 하는 게 좋아. 한 번이라도 저 애한테 잘해주면, 진드기처럼 따라붙을 거야. 먹을 걸 달라고 따라붙는 길거리 개처럼 말이야."

메리는 청바지와 헐렁한 셔츠를 입고 있었다. 화장기 없는 얼굴에 피부는 태닝을 한 것처럼 그을었고 체격은 운동선수처럼 탄탄

해 보였다.

에릭은 메리에게 물었다.

"저번에 너도 그 애들하고 같이 있었지?"

"그리핀하고 같이 있었지. 가끔씩 같이 어울리거든. 다른 애 둘은 그날 우연히 만났을 뿐이야."

에릭은 다시 흘끔 할렌백을 봤다. 그 애는 책을 읽는 척하면서 에릭과 메리를 훔쳐보고 있었다.

"그때 너희가 쫓고 있던 애가 저 애 맞지?"

에릭은 이 말을 하자마자 바로 후회했다. 그럴 수만 있다면 얼른 다시 주워 담고 싶었다. 그날 농구장에서 그리핀에게 아무도 못 봤다고 잡아뗐기 때문이다.

메리는 두 팔을 허공으로 뻗더니 나른한 모습으로 스트레칭을 했다. 그렇지만 그 애의 눈은 에릭을 살펴보면서 열심히 분석하고 있었다.

메리가 말했다.

"그래, 너 거짓말한 거구나, 응? 사실 난 그때 이미 알고 있었어."

"휘말리고 싶지 않았을 뿐이야."

"그랬겠지."

"저 애가 뭐 잘못한 거라도 있었어?"

그러자 메리는 에릭에게 몸을 굽히며 말했다.

"내가 너한테 얘기해주는 건 네가 전학 온 애이기 때문이야. 그냥 저 애를 피하는 게 좋을 거야. 그렇게만 알아둬."

"저 애가 날 보는 표정을 보면, 나하고 저 애가 가까워질 것 같진 않아. 날 좋아할 리 없거든."

에릭은 메리를 보고는 목소리를 바꿔 말했다.

"오케이, 알았어. 버려진 개한테 먹이를 주진 않겠어. 경고해줘서 고마워."

교실 뒷자리에 있는 친구들에게 돌아가기 위해 천천히 자리에서 일어나며 메리가 물었다.

"너, 대화명이 뭐니? IM 하니?"

"IM?"

"인스턴트 메시지. 메신저 말이야."

"아, 그거? 물론이지."

에릭은 괜히 허세를 부렸다. 사실 에릭이 마지막까지 숨기고 싶은 것은 엄마가 메신저를 허락하지 않는다는 거였다. 열여섯 살이 되기 전에는 말이다. 그게 엄마의 규칙 중 하나였다. 메신저를 한다고 해놓고 약간 당황한 에릭은 급히 말을 바꿨다.

"아, 내 말은…… 메신저를 아주 많이는 안 한다는 거야. 하지만……."

그러자 메리의 갈색 눈에 미소가 번졌다.

"후훗. 너, 메신저 안 하는구나?"

"어…… 어, 맞아. 사실은 그래."

에릭은 자백할 수밖에 없었다.

"그냥 네 이메일 주소를 줘. 그걸로 연락할게."

메리가 말했다.

7장
점심시간

학교 구내식당의 문제는 도대체 내 자리가 어디냐는 것이다. 에릭은 점심시간 학교 구내식당에서 식판에 음식을 담은 후에야 처음으로 이 문제에 부딪혔다. 긴 식탁이 줄지어 놓여 있는 식당은 아이들로 붐비고 있었다. 한눈에 봐도 에릭은 각 식탁의 개성을 알 수 있었다. 운동부 애들이 모인 식탁, 괴짜들이 모인 식탁, 인기 짱 여자애들이 모인 식탁 등등……

에릭은 앉을 만한 식탁이 있는지 둘러봤지만, 그럴 만한 곳은 어디에도 없었다.

교실에서는 아무 자리나 골라 앉으면 되었다(미국에서는 중학교 과정부터 철저하게 이동식, 과목별 수업이 이뤄진다:옮긴이). 교실에서 자리를 고르는 일은 그리 큰 문제가 아니었다. 하지만 이곳 식당에서 에릭은 단 한 명의 친구도 없다는 냉엄한 현실을 받아들여야만 했다. 그는 혼자였다. 그렇다고 궁상맞게 혼자 앉아 식사하고 싶지는 않았다.

에릭은 한 달만 지나면 모든 게 좋아질 거라고 생각했다. 새로운 친구들을 사귈 것이고, 그러면 그들과 함께 같은 식탁에 앉아 점심을 먹으면서 농담을 하거나 큰 소리로 웃기도 할 것이다. 하지만 지금, 그러니까 개학 첫날이자 전학 온 첫날인 오늘은 아니었다. 모든 게 병맛이었다.

그런데 바꿔 생각하면, 이런 것은 아무 문제 될 게 없었다. 에릭의 식판에서는 따뜻한 미트볼 샌드위치가 맛있는 냄새를 풍기고 있었고, 에릭은 배가 고팠다. 당장 이 샌드위치를 먹어치워야만 했다. 그래서 에릭은 더 생각할 것도 없이 아무 식탁이나 가서 빈 의자를 잡아당겨 앉았다.

몇 분 후, 한창 맛있게 샌드위치를 먹고 있는데, 누군가 말을 거는 소리가 들렸다.

"헤이, 여기서 혼자 앉아 먹고 있었던 거야?"

에릭은 고개를 들었다. 그리핀 코넬리였다. 그는 어느새 에릭의 오른편에 다가와 서 있었다.

"나 기억해?"

눈까지 내려온 부슬부슬한 곱슬머리의 그리핀이 물었다.

에릭은 플라스틱 포크를 그리핀에게 대고 흔들며 가벼운 농담 조로 말했다.

"물론이지. 벌써 조금 낯이 익은걸."

그러자 그리핀이 말했다.

"이리 와. 우리랑 같이 먹자."

에릭은 잠시 주저했다.

"어서 가자니까."

그리핀이 재촉하듯 말하며 몸을 돌려 구내식당 뒤쪽으로 가기 시작했다. 에릭은 달리 선택의 여지가 없었다.

"자리 좀 비켜, 코디. 그 자리에 에릭이 앉을 거야."

얼마 전 농구장에서 봤던 족제비 같은 얼굴의 코디에게 그리핀이 말했다.

"아냐, 괜찮아. 난 저기 앉을게……."

에릭이 사양하자, 그리핀은 어깨를 으쓱하며 말했다.

"그냥 이 자리에 앉아, 엉? 오늘은 개학 첫날이잖아? 넌 새로 전학 온 애고. 널 생각해서 그러는 거야."

그러더니 코디를 노려봤다. 코디는 마지못해 자기 자리를 비우고 옆으로 옮겨 앉았다.

그리핀은 눈가까지 흘러내린 머리를 입으로 훅 불어 올리며 에릭에게 말했다.

"자, 앉아."

에릭은 잠시 주저했지만, 더 이상 머뭇거릴 수 없었다. 에릭은 식탁을 둘러봤다. 거기에는 역시 낯익은 얼굴 드루피가 있었다. 에릭은 가볍게 인사했다.

드루피는 하품을 하면서 "방가방가" 하더니 손가락으로 경례하는 시늉을 했다.

에릭이 자리에 앉자, 그리핀은 같은 식탁에 있는 아이들을 가리키며 이름을 알려줬다.

"얘는 신제이, 얘는 윌, 얘는 하킴, 얘는 마셜, 얘는 팻……."

소개를 받을 때마다 에릭은 일일이 고개를 끄덕여 인사했고, 아이들은 성의 없는 태도로 인사를 받았다.

소개를 마친 후 그리핀이 물었다.

"그래, 어때? 벨포트 센트럴 중학교가 맘에 들어?"

에릭은 어깨를 으쓱하고는 식판을 내려다보며 말했다.

"이 미트볼 샌드위치는 좀……."

"구역질나지? 푸석하고, 덜 익었고, 도저히 못 먹겠지. 안 그래?"

그리핀의 말에 에릭은 웃음을 터트리고 말았다. 에릭은 식판을 옆으로 치웠다. 물론 배고프긴 했지만 죽을 정도는 아니었다.

"이 학교, 그렇게 나쁜 것 같진 않아. 정말이야."

에릭의 말에 그리핀은 자기가 더 잘 안다는 듯 눈살을 찌푸렸다. 하지만 구태여 반박하지는 않았다. 그 대신 학교에 대한 자기 생각을 말했다.

"중학교라니, 도대체 어떤 작자가 그런 말을 만들어낸 거야? 우리가 대체 정확히 무엇의 중간에 있다는 거야? 초등학교 가기엔 나이가 너무 많고 고등학교 가기엔 아직 어리다는 거야? 그래서 우릴 여기에 처넣은 거야? 주변을 둘러봐. 흥미를 끄는 녀석이라곤 하나도 없어. 그저 다른 애들하고 비슷해지고 싶은 복제인간들뿐이지."

에릭은 그 말에 동의한다는 듯 고개를 끄덕였다. 하지만 마음속의 생각은 좀 달랐다. 모든 애들을 그렇게 싸잡아 판단하는 건 무리가 아닐까.

그때 뭔가 그리핀의 눈을 사로잡았다. 그리핀은 에릭 뒤로 지나가는 급식도우미 아줌마에게 미소를 보내며 밝은 목소리로 인사했다.

"안녕하세요, 로젠 아줌마. 여름휴가 어땠어요?"

"오, 안녕, 그리핀."

인사를 받은 로젠 아줌마가 반갑게 알은체했다.

로젠 아줌마는 쉰 살 정도 나이에 검은 머리를 가진 아줌마였다. 키가 작고 날씬했으며, 깔끔한 용모를 갖고 있었다. 로젠 아줌마는 그리핀을 만나서 정말 반가운 것 같았다. 그리핀에게 말하는 그녀의 목소리는 따뜻함이 넘쳐흘렀다.

"너, 그사이에 많이 컸구나."

윽! 저 말은 어른들이 늘 하는 말이다. 에릭은 그리핀을 보면서 그의 반응을 기다렸다.

"시리얼을 많이 먹어서 그래요."

그리핀은 팔을 굽혀 알통을 만들어 보이며 말했다. 그러곤 상냥하게 물었다.

"아줌마 강아지는 어때요? 그 강아지 이름이 뭐였죠?"

"데이지."

그때 로젠 아줌마의 얼굴에 미소가 사라지고 표정이 어두워졌다. 나이가 열 살은 더 들어 보였다.

"어쩔 수 없이 데이지를 안락사 시켜야 했단다."

"오, 정말 안됐네요." 그리핀은 안타깝다는 표정으로 말했다. "데이지는 정말 멋진 강아지였는데……."

로젠 아줌마와 상냥한 그리핀 코넬리의 대화가 계속되었다. 에릭은 그리핀의 말투가 좀 이상하다고 느꼈다. 너무 밝고 너무 다정한 말투였다. 위선적인 말투라는 생각이 들었다. 로젠 아줌마와 대화하는 90초 동안, 그리핀 코넬리는 벨포트에서 가장 공손하고 가장 부드러운 소년이 되었다. 참 이상했다.

로젠 아줌마가 사라지자, 그리핀은 에릭을 보며 뽐내듯 말했다.

"저 노인네는 돈이 많아. 오프라 윈프리보다 부자라고 할 수 있지. 우리 집에서 한 블록 떨어진 곳에 사는데, 예전에 저 노인네를 도와서 개 산책 알바를 한 적이 있어. 너네들, 저 아줌마 강아지 본 적 있지? 그 강아지는 사람만 보면 짖어대는 놈이었어. 무슨 종이더라? 암튼, 바보 같은 놈이었지. 죽었다니 진짜 신난다."

아까와는 전혀 다른 그리핀의 말과 말투에 에릭은 뭐라고 대꾸

해야 할지 몰랐다.

　그때 그리핀이 식탁 저편에 앉아 있던 코디를 불렀다.

　"헤이, 코디. 아직 배고프다. 할렌백 어디 있냐?"

　그리핀의 말을 들은 코디는 목을 길게 빼고 식당을 죽 둘러봤다. 그러더니 찾을 수 없다는 듯 머리를 흔들며 말했다.

　"녀석을 잡아올까, 그리핀?"

　"그럴 필요까진 없어. 나중에 잡자구."

　그러더니 그리핀은 에릭의 식판에서 감자칩을 한 움큼 쥐고 말했다.

　"지금은 새 친구 것을 나눠 먹으면 되니까."

8장

엄마를 사로잡은 그리핀의 매력

에릭의 엄마, 헤이스 여사는 토요일을 집안일 돕는 날로 선포한 뒤 에릭과 루디를 데리고 쇼핑하러 갔다. 함께 쇼핑을 하는 것이 엄마가 생각하는 이른바 '가족시간'이었다. 에릭은 불평해선 안 된 다는 걸 잘 알고 있었다.

먼저 그들은 상점들이 끝없이 길게 늘어선 선라이스 하이웨이 쇼핑몰에서 문구점을 찾아갔다. 그리고 쇼핑카트에 학용품을 가 득 채울 때까지 가게 안을 누비고 다녔다. 헤이스 여사는 초등학 교 2학년인 루디의 담임선생님이 보내준 학용품 목록을 큰 소리 로 읽으며 쇼핑했다. 일반적인 학용품 말고도 루디 담임선생님은 모든 학생들에게 무균 비누, 소독용 솜 한 상자, 티슈 화장지 세 상자를 가져오라고 했다.

"정말 바보 같은 짓이에요."

에릭이 투덜대자, 루디는 동의하지 않는다는 듯 입을 삐쭉 내밀었다.

엄마는 소독용 솜을 카트에 던져 넣으며 말했다.

"에릭, 그런 태도는 안 좋아."

쇼핑을 마친 뒤 그들은 프렌들리 식당에서 점심을 먹었다. 점심을 먹고 나오면서 루디가 물었다.

"왜 실제 음식은 메뉴판에 있는 사진보다 형편없는 거야?"

에릭은 잘 알고 있다는 듯 동생에게 설명해줬다.

"메뉴판은 광고에 불과해. 그럴듯한 메뉴판 사진으로 널 속여서 저질 냉동 대합요리를 주문하게 만들려는 거지. 메뉴판 따위는 무시하는 게 좋아."

그 말을 들은 루디가 웃음을 터트렸다.

"오, 에릭. 제발 그만두려무나."

엄마가 꾸짖자, 에릭은 말대답을 했다.

"왜요? 루디한테 세상을 가르쳐주는 중이에요."

"너, 아주 밉상으로 노는구나. 오늘 너한테 무슨 일이 있었는지 모르지만, 오늘 네 태도는 심술궂고 무례하구나. 벌써 사춘기를 겪는 거니?"

그때 고맙게도 루디가 아이스크림을 에릭의 몸에 엎질렀다. 이때를 틈타 에릭은 지루한 쇼핑을 끝내고 싶었다.

"엄마, 이제 집에 가도 돼요?"

"아니. 식료품 쇼핑을 해야 해."

에릭은 투덜거렸지만 별수 없었다.

슈퍼마켓에 들어간 루디는 케이픈크런치 시리얼과 라스베리 프루트 롤업(과일 과자의 일종:옮긴이)을 사달라고 칭얼댔다. 녀석은 정말 슈퍼마켓을 좋아했다.

쇼핑은 영원히 끝날 것 같지 않았다. 엄마는 농산물 코너에 있는 멜론이란 멜론은 모두 일일이 눌러보고 냄새를 맡았다.

간신히 쇼핑을 마치고 슈퍼마켓을 나오던 중, 에릭은 우연히 그리핀 코넬리와 마주쳤다. 아니, 정확히 말하면, 에릭의 쇼핑카트가 그리핀을 칠 뻔했다. 에릭은 물건을 잔뜩 싣고 끽끽대는 쇼핑카트를 밀고 있었고, 엄마와 루디는 뒤에서 잡담을 하며 따라오고 있었다. 바로 그때 에릭의 쇼핑카트가 그리핀과 부딪칠 뻔한 것이다.

청바지와 하얀색 셔츠 차림의 그리핀은 슈퍼마켓 출구 바로 바깥쪽에서 두 손을 바지주머니에 찔러 넣고 한 발은 벽에 기댄 채 삐딱한 자세로 서 있었다. 그런데 다른 곳을 보고 있었기 때문에 그리핀은 자기가 에릭의 카트에 치일 뻔했다는 걸 알아차리지 못했다. 그래서 에릭은 차라리 그냥 모른 척하고 지나칠까 생각했다. 엄마와 함께 있었기 때문이 아니라, 이런 곳에서 아는 사람 눈에 띄는 게 싫었기 때문이다. 하지만 바로 그 순간 그리핀이 고개를 돌려 에릭 쪽을 바라봤다. 에릭을 발견한 그리핀은 몸을 세우더니 경주에서 막 우승한 사람처럼 환한 미소를 지으며 "에릭!"

하고 크게 외쳤다.

"어, 안녕."

별수 없이 에릭도 카트를 잡고 있던 손가락 몇 개를 들어 약간 어색한 몸짓으로 알은체했다.

그리핀은 헤이스 여사에게 손을 내밀며 말했다.

"에릭 엄마시군요. 전 그리핀 코넬리라고 합니다. 에릭하고 같은 학교에 다녀요. 점심을 함께 먹죠."

"아, 그렇구나. 만나서 반갑다."

엄마 목소리가 기분 좋게 들렸는데, 정말 그랬다. 그때만 해도 엄마는 그리핀을 만난 걸 정말 반가워했다. 그리핀은 잘생겼고, 믿음직해 보였다. 게다가 매너도 좋았다.

"얘가 네 동생이냐? 귀여운 꼬마네."

그리핀이 루디의 머리를 쓰다듬으며 말했다.

그러자 루디가 그리핀의 손을 밀치면서 반항했다.

"난 꼬마가 아니야."

"와우, 성깔 있는데."

그리핀은 루디, 에릭, 엄마를 번갈아 보면서 농담을 던졌다. 그러곤 서른두 개나 되는 이빨을 모두 드러내며 활짝 웃었다. 그의 진주같이 하얀 이들은 마치 치약 광고에 나오는 것처럼 반짝반짝 빛나고 있었다.

에릭은 그 자리에 선 채 이 모습을, 어쩐지 불편한 마음으로, 바라봤다.

"부모님이랑 같이 왔니?"

엄마가 물었다.

"아, 아니에요."

그러더니 그리핀은 주위를 둘러본 다음 고백했다.

"슈퍼마켓에 오는 건 사실 제 나이엔 좀 창피한 일이죠. 하지만 저는 매주 토요일이면 슈퍼마켓에 와요. 노인 분들의 짐을 차까지 들어다 드리기 위해서죠. 노인 분들은 제가 토요일이면 여기 와 있다는 걸 잘 알아요."

엄마는 그리핀의 말에 감동받았다.

"정말 훌륭하구나!"

그리핀도 환하게 웃으며 말했다.

"노인 분들이 쇼핑한 물건을 옮기기란 쉬운 일이 아니죠. 무거운 짐을 옮기는 분들을 보면 저희 할머니가 힘들게 짐을 옮기는 모습이 떠올라요. 제가 나이 드신 할머니들을 도와드리면 언젠가는 제 할머니도 누군가의 도움을 받겠죠. 저희 할머니는 시골에 사세요."

에릭은 엄마가 당장 그리핀을 양자로 입양할지도 모른다고 생각하면서 엄마의 다음 반응을 기다렸다. 그리핀은 날개를 달고 하얀 구름 위를 날고 있는 중이었다. 손에 하프를 들고 머리에 후광만 있다면, 완벽한 천사의 모습일 것이다.

지상의 천사, 그리핀 코넬리!

에릭은 그리핀에게 두 손 두 발 다 들 수밖에 없었다. 그리핀은 정말 말주변이 뛰어났다.

"가끔 팁을 받기도 해요."

그러더니 그리핀은 지팡이를 든 할머니 흉내를 내기 시작했다. 자기가 진짜 할머니라도 되는 양 떨리는 손을 내밀며 역시 떨리는 목소리로 말했다.

"옜다. 25센트다. 팁으로 주는 거니 받아라. 하지만 한 번에 다 쓰면 안 돼."

그러자 루디가 눈을 반짝거리며 배꼽을 잡고 웃었다.

"와우, 정말 잘하는구나."

엄마도 아주 달콤한 목소리로 말했다.

에릭은 이제 이런 시시한 잡담이 끝나겠구나 하고 생각하면서, 슈퍼마켓 밖으로 발걸음을 옮기려 했다.

그때 그리핀이 제안했다.

"어때, 에릭. 여기서 나랑 함께 있을래? 네가 원한다면 말이야."

"아, 아니야. 난…… 음…… 우리 엄마가 말이지…… 그러니까, 우린 가야 할 것 같아."

에릭은 주차장을 가리키면서 더듬더듬 답했다.

그러자 엄마가 끼어들었다.

"좋은 생각인 것 같구나. 우린 문제없어. 루디하고 짐을 옮기면 돼. 내 휴대폰을 빌려줄 테니까 나중에 때가 되면 데리러 오라고 전화하려무나."

엄마는 백에서 휴대폰을 꺼내 에릭에게 주었다.

"정말 괜찮겠어요, 엄마?"

에릭이 주저하자, 그리핀이 에릭의 어깨에 팔을 두른 다음 지그시 누르면서 말했다.

"고맙습니다, 헤이스 부인. 다음에 또 뵙겠습니다. 하지만 그전에 먼저 부인 짐을 옮겨드릴게요."

9장
껌 한 통

"정말 대단한 연기였어."

쇼핑한 물건을 차에 싣고 나서 엄마와 루디가 떠난 다음, 에릭이 말했다.

그리핀은 놀란 척 자기 가슴에 손을 갖다 대며 말했다.

"뭐라고? 내가? 모든 엄마들이 날 좋아한다면 나로서도 어쩔 수 없는 거 아냐?"

그러곤 주차장을 빠져나가는 엄마 차에 대고 손을 흔들었다.

에릭이 "좀 지나쳤어"라고 하자, 그리핀은 씩 웃더니 손톱에 입김을 불어대며 말했다.

"내 비밀 무기를 소개하지. 그건 바로 나의 매력이야, 친구. 잘 보고 배워."

그리핀은 다시 에릭을 데리고 슈퍼마켓 입구로 가서 어슬렁거렸다. 그런데 놀랍게도 그리핀은 도움이 필요한 몇 사람을 아예 무시하고 돕지 않았다. 그러다 어느 순간 에릭의 옆구리를 쿡 찌르며 말했다.

"목표 출현. 추적을 시작한다. 실탄 장전. 출동!"

자동문이 열리자, 한 할머니가 쇼핑카트를 힘들게 밀고 나왔다.

"차베스 할머니!"

그리핀은 잘 아는 것처럼 소리 지르며 할머니에게 다가갔다.

"제가 도와드릴게요."

에릭은 그리핀이 정말 놀라운 녀석이란 걸 인정할 수밖에 없었다. 에릭과 그리핀은 그런 식으로 함께 네 명의 할머니를 도와 물건을 옮겼다. 그리핀은 달변가에다가 매력남이었다. 사실 카트를 끌고 가는 건 거의 에릭의 몫이었다. 그리핀은 그저 카트를 미는 시늉만 했을 뿐이다. 그래도 할머니들은 그가 도와주는 모습을 매우 흐뭇한 표정으로 바라봤다.

두 번, 그리핀은 두 번은 팁을 사양했다. "할머니 돈을 받을 순 없어요. 할머니를 도와드리는 것만으로도 충분한 보상이에요"라고 하면서 말이다.

어떤 할머니는 "정말 착하게 컸구나"라고 말하기도 했다. 그러면 그리핀은 홈런을 친 타자처럼 하늘 쪽을 힐끔 보면서 "아멘"이라고 했다. 그러곤 에릭 쪽을 보며 몰래 윙크를 보냈다.

이 모든 것이 에릭을 헛갈리게 했다. 하지만 어쨌든 에릭은 그리핀과 함께 어울리는 게 재미있었다. 그리핀은 영악했고, 재치가 있었다. 또 학교 선생님들에 관한 재미있는 이야기도 해줬다.

"그리핀, 네 친구 코디 있잖아? 항상 '옙, 옙, 옙!' 그러는 애. 걔는 어때?"

"무슨 뜻이야?"

"걔 얼굴을 보면, 족제비가 떠올라서."

그러자 그리핀의 눈빛이 차갑고 냉담하게 바뀌었다. 에릭은 즉시 자기가 한 말을 후회했다. 바보, 바보, 바보. 코디는 그리핀의 친구잖아!

"내 말은……."

에릭은 말을 멈췄다. 더 이상 말하지 않는 게 좋겠다는 생각이 들었다.

그리핀은 눈가로 내려온 머리카락을 입으로 훅 불어 날리더니 잠시 먼 곳을 바라봤다.

"그래, 오케이. 족제비. 나도 족제비처럼 보여. 오소리처럼 보이기도 하지."

그러면서 경고했다.

"코디 귀에 그런 말이 들어가지 않도록 해라. 겉보기엔 뼈만 앙상하지만, 주먹은 무척 센 녀석이거든."

"정말?"

"특공무술. 코디는 형이 세 명 있는데, 모두 한 남자한테 특공무술을 배워. 그 남자는 감옥에서 나오면 이 동네에서 특공무술을 가르치지."

에릭은 맹세했다. 이후로는 어디서건 '족제비'란 말을 절대 입에 올리지 않기로 말이다.

그런데 갑자기 그리핀이 자기 집으로 가자고 제안했다.

"두 블록밖에 안 떨어졌어."

"글쎄……."

에릭은 잠시 망설였다.

"그럼 뭐 할 건데? 집에 가서 꼬맹이 동생이랑 시시한 컴퓨터 게임이나 하려구?"

"하긴……."

에릭은 그리핀의 말을 인정했다. 사실 벨포트로 이사 온 뒤 처음으로 다른 사람 집에 초대받는 거였다. 그리핀에겐 뭔가 이상한 점이 있었지만, 그래도 다정하게 대해주는 데다 재미도 있었다. 또 학교에서 가장 인기 있는 애 중 하나인 게 분명했다.

"껌 줄까?"

그리핀은 길가의 작은 돌멩이를 발로 걷어차며 말했다.

"옜다. 한 통 다 가져라. 치클릿 껌(자일리톨 껌처럼 네모 모양에 겉에 단단한 코팅이 된 껌:옮긴이)은 정말 싫어. 풍선을 불 수 없거든."

"그런데 왜 샀어?"

그리핀은 어깨를 으쓱하며 말했다.

"그 껌이 거기 있었거든."

"무슨 말인지 모르겠다."

에릭은 껌 두 알을 입에 넣으며 말했다.

그러자 그리핀이 고백했다.

"차베스 할머니 쇼핑카트에 그 껌이 한 통 있더라. 그래서 그냥 슬쩍했지."

그리핀은 에릭을 뚫어지게 바라봤다. 그러곤 잽싸게 덧붙였다.

"너무 걱정 마. 차베스 할머니가 그 껌을 찾는 일은 없을 거야. 그 할머니는 엄청 부자이거든. 날 믿어. 그런 부자들은 백 달러짜리 지폐 속에 파묻혀 살고 그 돈으로 똥까지 닦는다구. 반대로 우리 같은 사람들은……."

그러더니 더 이상 말을 잇지 않았다.

에릭은 생각했다. '우리 같은 사람들은…… 뭐가 어떻단 거지?'

"우린 쇼핑백 여덟 개를 옮겨다 줬어. 껌 한 통은 차베스 할머니가 우리한테 줄 수 있는 최소한의 보상에 불과해. 우린 그 껌을 번 거야. 잘못된 건 아무것도 없어."

"그래."

에릭은 그리핀과 생각이 달랐지만 일단 수긍했다. 고작 껌 한 통에 불과하니까. 그렇지만 한 가지 궁금한 게 있었다.

"그럼 팁은 왜 사양한 건데?"

"잘 들어, 에릭. 그러니까, 팁을 사양한 건 신뢰를 쌓기 위해서야. 그 사람들이 나한테 뭘 주려고 했지? 1달러짜리 지폐? 50센트나 10센트짜리 동전? 신뢰야말로 그런 푼돈보다 훨씬 값나가는 거야. 아주 훨씬! 신뢰를 얻으면 복권에 당첨된 거나 같아. 신뢰를 쌓으면, 그걸 돈으로 바꿀 적당한 때만 기다리면 되는 거야."

새 친구

그리핀의 집에는 아무도 없었다.

"난 너네 아빠가 계신 줄 알았어."

"우리 아빠는 이상한 시간에 일해. 내가 학교에 갈 때면, 아빠는 저 소파에 누워서 잠에 곯아떨어져 있어. 동네 술집에서 미식축구 경기를 보다가 녹초가 돼서 들어오는 모양이야. 차라리 아빠가 없는 게 훨씬 좋아."

"너네 엄마는?"

"우리 엄마는 잠시…… 여행 중이야."

애매하게 대답하더니, 그리핀이 말했다.

"누나들은 작년에 따로 이사 나갔어. 그 뒤론 절대 집에 오지 않아. 탓할 수도 없지."

"엄마한테 전화해봐야겠는걸."

에릭이 휴대폰을 꺼내며 말하자 그리핀이 손을 저으며 막았다.

"야, 전화는 무슨 전화야."

"너네 가족이 집에 없는 걸 우리 엄마가 알면 별로 좋아하지 않을 거야."

"그럼, 거짓말을 해버려."

"거짓말?"

그리핀은 엄지손가락과 검지를 가까이 갖다 붙이면서 말했다.

"요만큼만 거짓말하면 되지 뭐. 네가 무슨 착한 요정이라도 되냐?"

에릭은 얼굴을 찌푸리며 집으로 전화했다.

"엄마."

"그래, 애야. 데리러 갈까?"

"아뇨. 음…… 우린…… 그러니까 제가 전화한 건 그리핀네 집에서 놀다 간다고 알려드리려고요."

"거기서 뭐 할 건데?"

"뭐 할 거냐구요?"

에릭은 그리핀을 바라봤다. 그리핀은 손으로 탁구를 하는 시늉을 했다.

"탁구를 할 거예요."

"오, 그래? 괜찮은 생각이구나. 그런데 걔네 부모님은 집에 계시니?"

"그리핀 부모님요?"

에릭은 다시 그리핀을 바라봤다. 그리핀은 엄지손가락을 치켜 올렸다.

"네, 집에 계세요. 그리핀 아빠 코넬리 씨가 계세요."

"그래? 그럼 그리핀 아빠와 통화해도 될까?"

"코넬리 씨랑 통화하고 싶다구요?"

에릭은 엄마 말을 그대로 옮기면서 그리핀을 바라봤다. 그리핀은 잠시 머리를 갸우뚱하더니 곧 머리를 감는 시늉을 했다.

"코넬리 씨는 지금…… 음…… 제 생각엔 샤워…… 네, 샤워 중이에요!"

"샤워 중이라고? 그래?"

엄마는 잠시 침묵을 지켰다. 그사이 에릭의 심장은 목구멍으로 튀어 넘어올 것처럼 쿵쾅거리기 시작했다.

"코넬리 씨한테 좀 있다 엄마한테 전화하라고 할게요."

에릭은 가까스로 요령을 부렸다.

"아니다. 루디가 볼링 파티에 초대받아서 나가봐야 하거든. 루디를 믿을 수 있겠니? 이사 온 지 한 달밖에 안 됐는데, 벌써 동네에서 유명 인사가 되었더구나. 또 네가 엄마 휴대폰을 갖고 있잖아. 나보다 먼저 집에 가면, 착한 일 좀 하고 있어라."

"엄마……."

"내 말은 TV 보지 말고 컴퓨터 게임도 하지 말고 책을 읽으란 거야. 청소도 좀 하고, 기타 연습도 하거라. 루디랑 엄마는 다섯 시쯤 돌아올 거야."

에릭은 이때다 싶어 말했다.

"그래서 말인데요, 바로 이런 경우 때문에 내 휴대폰이 필요하다구요."

엄마의 한숨소리가 전화기 너머에서 들려왔다.

"그래, 네 말이 맞을 수도 있겠다. 그 문제는 다음에 얘기하자. 사랑한다, 아들."

에릭은 그리핀을 보면서 말했다.

"저두요."

그렇게 통화가 끝났다. 에릭은 어쩔 수 없다고 생각했다. 거짓말을 하지 않았다면 엄마는 에릭을 그리핀 집에 그대로 놔두지 않았을 것이다. 그리핀의 집에서 뭔가 나쁜 짓을 할 것도 아닌데 말이다.

"너네 엄마 구식이구나, 엉?"

"구식이란 말이 레알 엄격하다는 뜻이라면, 맞아."

"걱정할 필요 없어. 아주 잘했어. 너네 엄마는 절대 모를 거야."

에릭도 별거 아니라는 듯 어깨를 으쓱하며 고개를 끄덕였다.

"그런데 너네 집에 탁구대가 있긴 한 거야?"

에릭이 묻자 그리핀은 웃음을 터트렸다. 그러곤 두 손목을 내밀며 말했다.

"자백합니다, 경찰관 나리. 절 잡으셨네요. 수갑을 채워서 저를 큰집에 보내주세요."

잠시 후 에릭과 그리핀은 2층에 있는 그리핀 방으로 올라갔다.

그리핀은 비디오게임을 하자고 했다.

"죽여주는 비디오게임이 있거든."

정말 그랬다. 만약 에릭 엄마가 그리핀이 갖고 있는 게임들을 봤다면 엄청 화를 냈을 것이다. 그리핀은 에릭이라면 수백만 년이 흘러도 엄마한테 절대 허락받지 못할 그런 게임들을 갖고 있었다.

그리핀이 비디오게임 CD 하나를 들고 말했다.

"이 게임은 다른 은하계에서 온 암살자 게임이야. 정말 끔찍하지. 이 암살자는 정말 끝내주는 기술을 가졌어. 용암처럼 피가 솟구치고 유혈이 낭자해. 확 깨는 게임이지."

에릭은 약간 긴장해서 조심스럽게 물었다.

"이 게임을 하고 싶은 거니?"

"아니. 별로."

그리핀은 비디오게임 CD를 옆으로 던지더니 방을 둘러보고는 책상 위에 있는 새장을 가리켰다. 거기엔 새 대신 작은 쥐 한 마리가 있었다.

"어때, 저 쥐를 고문해볼까?"

에릭은 아주 잠시, 그리핀이 정말로 그럴지 모른다고 생각했다. 어두운 먹구름이 밀려오는 느낌이었다. 그때 그리핀의 입가에 미소가 번지더니 큰 소리로 웃어댔다. 농담이었던 거다.

그리핀은 손을 뻗어 선반에 있는 검은색 나무상자를 꺼냈다. 두꺼운 사전만 한 크기였다.

"내 기념품 좀 볼래?"

그리핀은 매우 자랑스럽게 말했지만, 그리핀의 물건을 본 에릭은 실망하지 않을 수 없었다. 물론 실망한 모습은 표시하지 않았다. 그것들은 이상한 물건들, 야구 배지, 오래된 동전들, 주머니칼, 이빨, 열쇠, 그리고 알 수 없는 잡동사니들뿐이었다.

하지만 그리핀에겐 소중한 물건인 것 같았다.

"이것들은 모두 다 사연이 있어."

"그래? 그럼 저건 무슨 사연이 있는데?"

에릭은 이빨을 가리키며 물었다.

그리핀은 잠시 에릭의 얼굴을 살폈다. 그러더니 갑자기 상자를 닫고 다시 선반 위에 올려놓으며 말했다.

"다음에 얘기해줄게."

"알았어."

에릭은 알았다는 말밖에 달리 할 말이 없었다.

둘은 잠시 이런저런 이야기를 나눴다. 에릭은 정말이지 오랜만에 동갑내기와 긴 대화를 할 수 있었다. 그리핀은 에릭의 모든 것을 알고 싶어 했다. 호기심이 많아서 수많은 질문을 쏟아냈다. 그런데 에릭은 그 질문에 일일이 다 대답해주고 있었다. 에릭 자신도 놀랄 일이었다.

"그래서, 넌 아빠가 없단 말이지?"

에릭은 몇 가지 자세한 내용은 빼고 중요한 줄거리를 모두 말해줬다. 어느 날 아빠가 갑자기 떠난 것에 대해서 말이다. 누구의 강요에 의해서가 아니라 자기 스스로 결정해서 말해준 것인데, 이는 에릭에겐 정말 드문 일이었다.

"꼭 열차에 치인 것 같았어. 기차가 오는 걸 미리 알고 피할 준비를 했지만, 이상하게 피하지 못했어. 그냥 꽝 하고 기차에 치였지. 그 뒤론 모든 게 엉망이 돼서 지금까지 회복 불가야."

그러곤 이렇게 덧붙였다.

"엄마는 아빠를 기다리는 데 지친 것 같았어. 그래서 이리로 이사 온 거야."

그리핀은 말을 잘 들어주었다. 에릭은 여태껏 그 누구에게도 하지 않았던 이야기를 그리핀에게 했다. 에릭이 보기에, 그리핀은 마치 자기가 그런 일을 겪은 것처럼 모든 것을 다 이해하는 것 같았다. 심지어 에릭도 잘 모르는 자신의 마음을 들여다보고 그 느낌을 다 이해하는 것 같았다. 말을 터놓기에 정말 좋은 상대였다.

에릭의 이야기를 들은 그리핀은 눈가로 내려온 머리카락을 입으로 훅 불어 넘기며 말했다.

"진짜 엿 같았겠구나."

"응. 가끔 그런 기분이 들어."

에릭이 집으로 돌아갈 때가 되자, 둘은 곧 다시 만나기로 약속했다. 에릭은 무거운 짐을 내려놓은 것 같은 안도감을 느끼며 그리핀의 집을 나섰다. 지금까지 가슴에 묻어뒀던 많은 것을 내뱉고 나니 한결 가벼워진 기분이었다.

확실히, 그리핀은 특별한 녀석이었다. 녀석이 특별하다는 데는 의문의 여지가 없었다. 그리핀 역시 힘든 일을 경험한 적이 있었고, 오하이오에 있는 에릭의 친구들과는 분명 달랐다. 그리핀은 단 하루 만에, 아니 단 몇 시간 만에 에릭에게 정말로 필요한 사람이 되었다.

'그리핀은 내 친구야.' 에릭은 그렇게 믿었다.

11장

아빠의 병

에릭은 침대에 등을 기댄 채 기타를 치기 시작했다. 특별한 곡을 연습하는 건 아니었고, 그저 아는 대로 이 곡 저 곡 연주했다. 기타를 치는 건 에릭이 자기만의 시간 속으로 들어가는 방법이었다. 자기만의 시간을 갖고 싶을 때면 에릭은 침실 문을 닫고 조용히 방에 앉아 아무 생각도 하지 않으려 노력했다. 그때 기타는 일종의 방패 역할을 했다. 딱딱한 기타 몸체가 거북이 등껍질처럼 자기를 지켜주는 것 같았다.

아빠를 생각할 때마다, 그때 있었던 일들이 떠오를 때마다 에릭의 머리는 혼란스러워졌다. 에릭은 그때 일을 기억하고 싶지 않았다. 그때 일이 떠올라 머리가 혼란스러워지는 기분을 느끼고 싶지 않았다. 하지만 그때의 기억이 홍수처럼 밀려들어 모든 것을 망쳐 버리곤 했다. 그날의 기억은 에릭의 머릿속에 아직도 생생하게 남아 있었다.

그때 루디는 아직 아기였고, 아마 자고 있었을 것이다. 밖은 어두웠다. 엄마와 아빠는 부엌 식탁에 있었고, 에릭도 함께 바닐라 아이스크림을 먹고 있었다. 그때 아빠가 비명을 지르듯 큰 소리로 말했다.

"식탁을 치우라고? 좋아. 치우지. 잘 보라구. 난 정말 집안일을 잘해."

그러더니 아빠는 두 손에 접시와 컵을 가득 들고 한발 한발 싱크대로 향했다. 그리고 그것들을 싱크대에 내던져버렸다. 접시와 유리 파편이 튀고 엄마가 소리를 질렀다. 제발 그만하라고 애원했다. 하지만 접시와 컵 깨지는 소리는 쉬지 않고 계속됐다. 마침내 접시가 모두 치워졌고, 그와 동시에 가정과 삶은 풍비박산이 났다. 아빠는 문을 열고 밖으로 나가버렸다.

아, 몸을 축 늘어뜨린 채 망연자실한 표정으로 바닥에 쓰러져 있던 엄마의 처참한 모습. 그 모습은 에릭의 머릿속에 한 편의 충격적인 영화처럼 남았고, 그래서 마음속으로 언제나 그 모습을 떠올릴 수 있었다. 엄마는 벽에 등을 기대고 다리는 앞으로 쭉 뻗은 모습으로 앉아 있었다. 기력이 없었으며 얼굴은 눈물범벅이었다. 에릭은 움직일 수조차 없었다. 그래서 수천 마리의 작은 물고기가 혈관을 타고 움직이는 것 같은 기분을 느끼며 한동안 엄마를 바라만 봤다. 그러다 에릭은 바닥으로 내려와 기어서 엄마에게 다가갔다. 그러곤 속삭였다.

"엄마, 괜찮아요. 괜찮아요. 울지 마요. 내가 다 치울게요."

그러자 허공을 바라보며 엄마가 중얼거렸다.

"아빠가 아파. 아빠가 아주 아프단다."

하지만 에릭은 깨진 접시 조각들을 치우는 대신, 엄마의 따뜻한 무릎에 머리를 대고 바로 잠이 들고 말았다.

물론 에릭이 이 이야기까지 그리핀에게 한 건 아니었다. 아무리 털어놓고 이야기한다 해도 죽어도 못 할 이야기는 늘 있는 법이다. 그런 이야기는 자기 마음속에만 꽁꽁 숨겨두었다가, 혹시라도 생각나면 기타를 들고 마구 두들기면 된다.

에릭은 그리핀에게 아빠에 관한 이야기를 전부는 해줄 수 없었다. 따라서 에릭에게 그리핀의 집에 간 그날은 처음엔 엄마에게, 그 다음엔 그리핀 코넬리에게 하얀 거짓말을 한 '하얀 거짓말의 날'이라고 할 수 있었다. 에릭이 거짓말을 하고 싶었던 건 아니다. 그저 진실을 말하는 게…… 불편했기 때문이다. 에릭의 사고방식으로는 거짓이라도 편하고 좋은 것이 사실이라도 불편하고 힘든 것보다는 나았다. 그렇게라도 넘어가야 모든 사람들이 좀 더 편하게 숨 쉬고, 아무도 다치지 않으며, 다음 일을 할 수 있는 것이다.

설령 모든 진실을 이야기하고 싶었다 해도, 그리핀에게 오하이오에서 있었던 일을 어떻게 이야기할 수 있단 말인가? 진실은 잡기 힘든 미끄러운 비누 같은 것이다. 진실이란 에릭 자신이 말할 수 없는 것은 물론 이해할 수도 없는 것이다.

아빠가 '정신분열증'을 갖고 있다는 말을 어찌 할 수 있겠는가? 그런 말을 꺼내는 순간 자신이 상처 받는 것은 물론 수많은 질문이 이어질 게 뻔하다. 정신분열증이란 말은 '지킬 박사와 에릭의 아빠'라는 제목의 끔찍한 공포영화에나 나올 수 있는 말이다. 그런데 지킬 박사와 달리 에릭의 아빠는 단순히 신사와 악당의 1인 2역을 하는 사람이 아니었다. 그 정도로는 약했다. 한때 에릭의 아빠는 세상에서 최고로 멋진 남자였다. 그러다가 천천히 시간이 가면서 더 이상 그런 모습을 보여주지 못했다. 그는 변했다. 자주 화를 냈고, 혼란스러워했다. 자신의 상념에 사로잡혀 나락으로 빠져들었다. 음울해졌고 근거 없이 사람을 비난했으며 이상한 말을 했다. 더 나쁜 것은 유령처럼 어슬렁거리면서 며칠 동안 아무 말도 하지 않고 깊은 침묵 속으로 빠져 들어가는 것이었다. 아빠는 에릭의 눈에서 서서히 사라져갔다. 투명인간처럼, 그리고 눈은 허수아비처럼 움푹 팬 채……. 에릭에게 아빠는 그런 식으로 좋은 아빠와 병든 아빠의 두 가지 모습으로 남았다. 에릭은 어떤 식으로든 완전한 삶을 살기 위해서는 이 두 모습, 좋은 모습과 나쁜 모습을 모두 사랑해야 한다는 걸 알았다. 그중 하나만 고를 수는 없었다. 그럴 수밖에 없는 것이 이 두 모습은 모두 한 사람, 아빠의 것이기 때문이었다.

그런데 어떻게 그런 이야기를 털어놓을 수 있단 말인가?

그렇게 살아온 세월을 어떻게 설명할 수 있단 말인가? 최선책

(어쨌든 잠시 동안은 효과가 있는 방법)은 마치 그런 일이 없었던 것처럼 행동하는 것이다. 다시 말하면, '아빠는 잘 있어'라고 생각하고 말하는 것이다. 어떤 말을 계속 반복하면 진실이 되기도 하는 것처럼, 계속 그렇게 말하다 보면 정말 그렇게 될지도 모르는 일이다.

상황이 나빠지기 시작한 것은 루디가 갓 태어난 직후, 에릭이 아직 다섯 살에 불과할 때였다. 그때부터 뱀이 아빠 몸을 칭칭 감아 조이는 듯 주기적으로 병이 찾아왔다. 하지만 오랫동안 가족 중 그 누구도 그에 관한 이야기는 하지 않았다. 심지어 모르는 일이라고 애써 부인하려고까지 했다. 그 일을 무시하면 그 일이 사라져버릴 수도 있다고 생각하면서 말이다. 어느 날 에릭의 진짜 아빠가 환하고 활기찬 모습으로 다시 나타나 "얘야, 잘 지냈니?" 하고 말하는 일이 생길지도 모른다는 생각도 했다. 하지만 그런 일은 전혀 일어나지 않았고, 모든 게 더 나빠지기만 했다. 그러다 마침내, 에릭과 엄마가 그 문제에 대해 이야기해야 할 순간이 왔다. 누구도 듣고 싶어 하지 않았던 말을 해야 할 순간이 온 것이다.

"에릭, 네 아빠는 아프단다. 오랫동안 아팠어."

아프다니. '아프다'란 말은 감기나 복통이나 열병처럼 몸에 걸리는, 그리고 곧 회복될 수 있는 병을 말할 때 하는 말 아닌가? 하지만 아빠의 병은 몸의 병이 아니었다. 아빠는 뇌에 병이 있었다.

엄마 말로 하면 '정신병'이었다.

물론 정신병을 치료하는 의사도 있고, 병원도 있고, 약도 있었다. 약이 아빠에게 도움이 될 때도 있었다. 하지만 약은 결국 아빠를 황폐화시켰다. 목이 부어올랐고, 얼굴이 핼쑥해졌으며, 온몸이 기운을 잃어갔다. 게다가 여기저기 통증을 호소했다. 한번은 아빠가 가슴을, 그러니까 심장박동이 있어야 할 가슴 부분을 비비다가 놀라서 외친 적이 있었다. "여기 아무것도 없어. 심장이 없어. 아무것도 느낄 수 없어!"

약을 먹는 동안 아빠는 살아 있는 사람 같지 않았다. 그래서 아빠가 약을 끊었다고, 엄마는 말했다.

"약을 먹으면 자신이 사라지는 것 같은 느낌이라더구나."

그건 사실이었다. 에릭도 그런 사실을 알았다. 약을 먹으면 아빠는 더 이상 미친 행동은 하지 않았다. 하지만 어떤 면에서는 더 안 좋아졌다. 아빠의 한 부분, 에릭이 가장 사랑하는 부분이 죽어 버리는 거였다.

엄마는 에릭에게 다른 말도 했다.

"아빠는 지금도 널 사랑한단다. 그리고 언제나 널 사랑할 거야."

"아빠는 지금 고통 받고 있어. 혼란스러워하고 있지. 뭔가에 사로잡혔어. 머릿속에서 환청이 들린다는구나."

엄마는 울었다. 엄마는 에릭 앞에서만큼은 울지 않으려 애썼다.

에릭도 엄마가 강한 모습을 보이려 한다는 걸 알고 있었다. 하지만 엄마는 그럴 수 없었다. 항상 강한 척할 수는 없었다. 이게 또 다른 힘든 일이었다. 에릭은 엄마마저 잃을 수는 없었다. 더구나 돌봐야 할 루디도 있었다.

그건 겁나는 일이었다. 아빠가 이 방 저 방 하릴없이 떠돌며 방황하고 있었기 때문이다. 아빠의 상태가 다소 괜찮아져서 에릭이 크게 걱정하지 않아도 될 때, 에릭은 아빠와 함께 방에 조용히 앉아서…… 행복감을 느꼈다. 모든 것이 잘 돌아가고 있는 것처럼 행동했다. 에릭에겐 여전히 아빠가 있었다. 그냥 아빠가 아니라, 에릭의 아빠, 에릭의 하나뿐인 아빠 말이다. 나무와 음악과 웃음과 두 아들을 사랑하는 부드러운 영혼의 선량한 아빠, 에릭을 사로잡는 훌륭한 생각을 가진 멋진 아빠, 그 아빠가 같은 방 저쪽에 앉아 있는 것이다.

그러다 무슨 일인가 벌어졌다. 아빠가 발작을 한 것이다. 아빠는 밤새 거울과 램프를 박살내고, 커튼을 찢어발겼다. 그리고 정말 부끄럽게도 에릭의 심장에 공포가 자리 잡았다. 에릭은 공포가 오히려 반가웠다. 차라리 잘된 일이라고 생각했다. 자기 말고 도대체 누가 공포와 함께 살려고 할까?

살다 보면 다리를 잃을 수도 있다. 기계에 손이 껴서 손가락이 잘려나갈 수도 있다. 끔찍한 교통사고로 시력을 잃고 걷지 못하게 될 수도 있고, 건강한 미래의 꿈과 희망을 모두 잃어버릴 수도 있다. 하지만 이 세상 그 무엇도 정신을 잃는 것, 정신의 평화를 잃는 것보다 더 끔찍한 것은 없다고 에릭은 생각했다. 정신을 잃는 것은 곧 자기 자신을 잃어버리는 것이기 때문이다.

에릭의 아빠는 걸어 다니는 유령, 흐릿한 복사지, 자신의 실체를 잃어버린 허상, 그림자 없는 희미한 물체가 되었다.

에릭은 그리핀 코넬리에게 이런 이야기를 해줄 방법이 없었다. 그래서 단편적으로만 이야기했고 하얀 거짓말도 했다.

에릭은 혹시 그리핀이 이런 사실을 전부 눈치 챈 건 아닌지, 에릭의 마음을 들여다보고 모든 걸 알아챈 뒤 미소를 보낸 건 아닌지 궁금했다.

12장

그리핀의 멍

9월이 끝나고 10월로 접어들면서 에릭은 이제 새 환경에 어느정도 적응하기 시작했다. 수업은 그리 나쁘지 않았고, 선생님들도 좋았다. 물론 윌콕스 선생님의 과학시간은 힘들었지만(선생님은 끝없이 말을 쏟아냈다), 뭐 그렇다고 아주 특별할 정도로 힘든 건 아니었다. 에릭은 어디든 지루한 선생님은 있기 마련이라고 생각했다. 모든 과목이 체육시간이나 휴식시간처럼 편하고 좋을 수는 없는 것이다.

에릭은 담임시간에 가끔 메리와 어울리기도 했다. 아주 가까운 친구가 된 건 아니지만, 그게 뭔지는 모르겠지만, 에릭은 둘 사이에 뭔가가 시작되고 있다는 느낌을 받았다. 에릭은 그저 메리의 외모, 그녀의 꾸밈없는 미모를 좋아하는지도 몰랐다. 한편 이상한 아이 할렌백은 여전히 가끔씩 에릭을 어두운 눈빛으로 바라봤다. '무시무시한 표정'이라고 에릭은 생각했다.

에릭이 그리핀 코넬리의 패거리에 정식으로 받아들여진 건 아니었다. 하지만 점심시간에 친구들과 함께 어울리게 된 것만으로도 에릭은 기분이 좋았다. 심지어 패거리의 다른 애들, 특히 팻과 하킴을 좋아하게까지 되었다. 때로는, 특히 터프 가이 흉내를 내지 않고 자기 본 모습을 보일 때는 드루피도 괜찮았다.

그리핀은 이 패거리의 짱이자 대장이었다. 그는 기분에 따라 다정하고 재미있게 굴기도 했고 또 때로는 어둡고 냉정한 모습을 보이기도 했다. 에릭은 그리핀의 마음을 제대로 파악할 수가 없었다. 그렇지만, 원시인이 불에 이끌리듯 에릭도 그렇게 그리핀에게 끌렸다. 그리핀은 빛이자 열정이며 동시에 위험한 칼이기도 했다.

아이들이 따뜻한 점심을 사먹기 위해 줄을 선 바로 옆 벽에는 활짝 웃는 어떤 여자 가수를 모델로 한 우유 광고 포스터가 붙어 있었다. 그 광고 속의 모델은 (물론 뽀샵 처리를 한 것이겠지만) 풍성한 금발머리에 티끌 없이 깨끗한 피부를 갖고 있었고, 미소 짓는 입술 위에는 콧수염 모양으로 우유가 살짝 묻어 있었다. 포스터에 인쇄된 그녀의 머리는 유치원 애들 키, 그러니까 90센티미터 정도 될 만큼 컸다. 그런데 드루피 녀석이 입에서 씹던 껌을 빼서 그 모델의 왼쪽 콧구멍에 갖다 붙였다. 그러곤 능숙한 솜씨로 껌을 조몰락거려 둥그런 모양으로 만든 뒤, 한 걸음 물러나 살펴보며 자기 작품에 만족한 예술가처럼 흡족한 미소를 지었다.

"좋았어, 드루피." 코디가 말했다.

"진짜 추잡하다." 에릭도 거들었다.

바로 그때 그리핀이 나타나 고개를 숙인 채 빠른 걸음으로 아이들 사이를 지나갔다. 인사도 안 하고 코디의 기름때 낀 청바지를 보고도 놀리지 않은 채 말이다.

"무슨 일이야, 그리핀?"

에릭이 물었다. 그러자 드루피가 작은 목소리로 말했다.

"멍 생겼네."

"뭐라고?"

"눈에 멍 자국이 있어."

"싸운 거야?"

드루피는 그리핀이 식당 건너편 식탁에 앉는 걸 확인한 후 조용히 속삭였다.

"싸웠다기보단 얻어맞은 거야."

"뭐? 누가 때린 건데?"

그때 코디가 끼어들며 말했다.

"왜 자꾸 묻냐? 블로그에 올리려고?"

"아니, 그냥 궁금해서."

코디는 비꼬듯 에릭의 말투를 흉내 냈다.

"그냥 궁금해서~"

에릭은 코디를 째려봤다. 정말 맘에 안 드는 녀석이었다. 그렇지만 에릭은 코디가 셰퍼드처럼 충직한 그리핀의 똘마니라는 걸 잘 알고 있었다.

에릭은 다시 드루피에게 물었다.

"말해봐. 대체 무슨 일이야?"

"너, 그리핀 아빠 만난 적 없지?"

물론 에릭이 그리핀 아빠를 정식으로 만난 적은 없었다. 일주일 전 그리핀네 집에 갔을 때 우연히 한 번 봤을 뿐이다. 그때 그리핀 아빠는 욕실가운 차림으로 어깨를 축 늘어뜨린 채 식탁에 앉아 있었다. 그리핀은 구태여 자기 아빠를 소개하지 않았고, 코넬리 씨 역시 고개조차 들지 않았다.

"그리핀 아빠는 은퇴한 경찰이야. 친절과는 거리가 먼 사람이지." 드루피가 말했다. "게다가 193센티미터에 125킬로그램이나 나가는 거구야."

"정말 겁나는 덩치지." 코디가 중얼거렸다.

에릭과 아이들은 음식을 받았다. 에릭은 네모난 피자 한 조각을 식판 위에 얹었고, 코디는 버터롤 하나를 셔츠 안쪽에 구겨 넣었다.

"문제는 그리핀 아빠가 술꾼이라는 거야." 드루피가 계속 말했다.

"그리핀 아빠가 쟤를 저렇게 때린 거야?" 에릭이 물었다.

"와우, 셜록 홈스 나셨네. 정말 천재야. 이제야 안 거야?"

코디가 말했다. 그러곤 식판을 든 채 에릭 앞으로 새치기해 들어오면서 덧붙였다.

"그리핀한테는 한마디도 하지 마. 절대 발설해선 안 돼. 입 다물고 네 일에나 신경 쓰라구."

에릭은 그리핀 앞쪽 대각선 방향에 앉아서 그리핀을 보지 않으려 애썼다. 하지만 그건 불가능했다. 가까이서 보니 그리핀의 멍은 훨씬 심했다. 멍은 보기 싫은 푸르스름한 색이었고, 크게 부어 있었다. 그리핀은 고개를 숙인 채 아무 말 없이 음식을 먹고 있었다. 길게 늘어진 머리가 눈을 가리고 있었다.

몇 분 후, 무심코 고개를 든 그리핀은 에릭이 자기를 보고 있다는 걸 알아차렸다. 그는 눈싸움을 하듯 에릭의 눈을 빤히 쳐다봤다. 눈을 돌리라는 뜻이었다.

그때 정말 이상한 일이 벌어졌다. 그리핀이 머리를 뒤로 쓸어 넘기더니 자기 얼굴을 더 잘 볼 수 있도록 에릭을 향해 얼굴을 돌렸다. 모델이 사진기 앞에서 포즈를 취하는 식이었다. 게다가 그리핀은 길고 가는 손가락을 눈가로 가져가더니 멍이 든 쪽을 가볍게 두드리기까지 했다. 꼭 '이게 뭘까? 이 멍이 뭘 말하는 걸까?' 하고 말하는 것 같았다.

그리핀의 얼굴엔 아무 표정도 없었다. 어떤 감정도 드러나지 않았다. 잔뜩 얻어맞은 무표정한 얼굴만 보였고, 눈빛은 차가웠다.

에릭은 오싹한 기분을 느끼고 이내 눈길을 돌리고 말았다.

13장

프레첼 게임

그리핀의 어두운 분위기는 점심시간 동안 계속됐다. 식사를 끝낸 그리핀은 바지주머니에 손을 찔러 넣고 밖으로 나갔다.

"안녕, 얘들아. 안녕, 그리핀!"

어울리지 않게 크고 톤이 높은 이 목소리의 주인공은 단 한 사람, 그리핀에게 무슨 일이 있었는지 전혀 알 수도, 알 리도 없는 데이비드 할렌백이었다.

할렌백은 불에 탈 위험 따윈 아랑곳없이 캠프파이어 불 주변을 날아다니는 나방처럼 가끔씩 그리핀 패거리 근처에 나타났다. 그 애는 등 뒤에 '날 때려줘'라는 쪽지를 붙이고 다니는 그런 아이처럼 아이들의 조롱과 놀림의 대상이었다. 누구도 그 애를 좋아하는 것 같지 않았지만 할렌백이 끊임없이 아이들을 따라 붙었기 때문에 아이들 사이에선 그냥 그런 애려니 하는 분위기였다. 그 애는 아이들의 장난감, 한없이 지루한 학교생활에 그나마 재미를 주는 그런 아이였다. 파리채로 얻어맞은 파리나 다리가 모두 잘린 거미 같은 살아 있는 장난감이었고, 그런 의미에서 아이들은 할렌백이 불쑥 나타나도 크게 신경 쓰지 않았다.

보통은 그랬다는 말이다.

"오늘은 아냐, 할렌백. 꺼져."

코디가 꺼지라고 했지만 할렌백은 물러나지 않은 채 그리핀을 훔쳐보며 물었다.

"눈이 왜 그래, 그리핀? 응?"

코디가 다시 경고했다.

"이런 제길, 꺼지란 말이야!"

최근에 이런 광경이 자주 벌어졌다. 그래도 할렌백은 기억상실증이라도 걸린 것처럼 똑같은 행동을 반복했다. 어떤 일을 당해도 그 애는 다시 돌아와 패거리에 끼려 했다. 사실 그 애는 그 어디에도 갈 곳이 없었다. 그래서 아무리 냉담한 거절을 당해도 바지를 툭툭 털고 다시 나타났다. 정말 처참한 친구 사귀기 전략이었다. 오늘도 그랬다. 할렌백이 계속 달라붙자 긴장감이 커져갔지만, 정작 할렌백 자신은 심상치 않은 분위기를 이해하지 못했다. 아니, 이해하려고도 안 했다.

그래서 늘 벌어지는 일이 벌어졌다. 아이들이 할렌백에게 욕을 하고 상스러운 말을 퍼붓기 시작했다. 할렌백은 고개를 끄덕이고 낄낄대면서 모든 모욕을 받아냈다. 그렇게 낄낄대며 웃는 바람에 그 애의 물렁한 배가 셔츠 밑에서 움찔거렸다.

"어이, 할렌백. 오늘 스쿨버스에서 안 보이던데? 아, 그렇지. 너네 엄마가 데려다줬지, 안 그래?" 코디가 조롱했다.

"항상 엄마가 데려다주는 건 아냐. 가끔은 걸어서 오기도 해."

할렌백이 속 좋은 애처럼 대꾸했다.

"버스에서 널 보고 싶어 기절할 뻔했다, 인마. 침 뱉을 데가 없잖아. 화가 나 죽을 지경이었어." 드루피가 투덜거렸다.

그러면서 아이들은 그리핀의 눈치를 살폈다. 에릭은 아이들이 할렌백에게 상스러운 말을 해대는 게 그리핀을 즐겁게 하기 위한 일종의 공연이라는 걸 깨달았다. 그리핀은 이 공연의 유일한 VIP 관객이었다. 모든 말과 모든 움직임이 그리핀의 귀와 눈을 즐겁게 해주기 위한 것이었다.

주변으로 다른 아이들이 와자지껄 밀려들었다. 소동이 벌어지고 있는 곳은 급식감독원들 눈에도 잘 띄는 곳이었다.

거친 말이 쏟아지는 중에도 할렌백은 용감하게 웃어댔다. 마치 자기도 자기를 놀리는 패거리에 낀 것처럼 미소까지 지었다. 하지만 그 애의 눈이 점점 작아졌고 입술도 아래로 처지기 시작했다. 당황하기 시작한 것이다. 아이들은 할렌백이 당황하기 시작했다는 걸 알았다.

'어서 도망가, 할렌백.' 에릭은 속으로 생각했다.

하지만 할렌백은 오히려 그리핀에게 도움을 청하는 눈길을 보내면서 계속 그 자리에 있었다. 그 애는 무방비 상태로 그렇게 서 있었다. 그러다 마침내, 높은 톤으로 마치 노래하듯 외쳤다.

"막대기하고 돌로 내 뼈를 부러뜨릴 순 있어도, 욕먹는다고 내가 다치진 않아."

그렇다, 할렌백은 분명히 그렇게 말했다.

그렇지만, 그렇게 말했다고 도움이 된 건 아니었다.

코디가 큰 소리로 웃으며 말했다.

"어디서 막대기하고 돌 좀 가져와야겠군. 응? 어떻게 생각하냐, 할렌백? 좋은 생각 아냐? 바위라도 들고 올까?"

"입 닥쳐, 할렌백! 그만 꺼져, 짜식아."

드루피가 할렌백을 거칠게 밀었다.

그때 그리핀이 소리쳤다.

"야, 모두 그만둬!"

아이들이 일제히 그리핀을 바라봤다. 그리핀은 턱을 들어 건물 쪽을 가리켰다. 급식감독원 두 명이 이 소동을 지켜보고 있었다.

"이리 와, 할렌백. 저 나무로 가자."

그리핀이 할렌백을 불러 말했다.

할렌백은 주저했다. 그 애는 고개를 돌려 건물 쪽을 바라봤다. 나무는 급식감독원들의 눈에 잘 띄지 않는 곳에 있었다.

"글쎄……."

"너, 우리랑 놀고 싶지 않냐? 응?"

그리핀은 미소 띤 얼굴로 할렌백의 어깨에 팔을 둘렀다.

"우린 모두 저 나무에 가서 놀 거야. 따라와도 되고…… 안 와도 돼. 네 맘대로 해."

그러고 나서 그리핀은 나무를 향해 걷기 시작했다. 누가 따라오는지 한 번도 돌아보지 않았다. 아이들 모두가 따라오리란 걸 알고 있었기 때문이다. 물론 할렌백도.

커다란 참나무 앞에 도착하자 그리핀이 말했다.

"이 게임의 이름은…… 프레첼이야. 이 게임 해본 적 있냐, 할렌백?"

할렌백은 머리를 긁적였다. 잘 모르는 모양이었다. 그러더니 머리를 가로로 저었다.

"뭐, 몰라도 문제될 건 없어."

그리핀은 이제 다시 활기를 찾았다. 힘이 넘쳤고 행복해 보이기까지 했다.

"이건 레슬링 같은 거야. 자, 내가 한번 시범을 보여주지."

아이들이 원을 그리듯 둘러섰다. 건물 쪽에서 보이지 않도록 할렌백을 에워싸기 위해서였다. 이제 급식감독원들은 무슨 일이 벌어지는지 알 수 없게 되었다.

그리핀은 할렌백의 손목을 세게 잡아당겼다. 할렌백이 그리핀쪽으로 비틀거리며 넘어지려 하자, 그리핀은 할렌백의 허리를 잡고 번쩍 들어 올려 자기 어깨에 걸쳤다. 그러고는 뱅뱅 돌리기 시작했다. 그 바람에 할렌백의 머리가 정신없이 흔들렸다.

그러다 그리핀은 왼발을 내밀어 할렌백을 무릎에 내려놓더니 잽싸게 땅으로 밀어 떨어뜨렸다. 할렌백의 등이 심하게 땅에 부딪혔다.

"헤이, 할렌백. 그만 일어나라, 응?"

그리핀은 어리둥절해하는 할렌백의 셔츠를 잡아당기며 말했다. 그러곤 할렌백의 등을 일부러 거칠게 두들겨 먼지를 털어주었다. 그리핀의 얼굴에는 미소와 웃음이 가득했다.

"좋았어. 재미있었어." 코디가 입술을 핥으며 중얼거렸다.

이제 그리핀은 할렌백의 두 팔목을 비틀어 그 애 등 뒤로 꺾었다. 할렌백은 말 그대로 프레첼, 즉 꽈배기가 되었다. 그 자세에서 그리핀은 아이들에게 강의하듯 말했다.

"자, 이제 이 게임을 왜 프레첼이라고 하는지 알겠지?"

그러자 코디가 외쳤다.

"당근이지!"

할렌백의 팔은 꽈배기처럼 여전히 등 뒤로 돌아간 상태였고, 그 애의 눈에는 불안한 기색이 역력했다. 셔츠는 군데군데 먼지로 얼룩져 있었다. 할렌백은 고통스러운 듯 나지막이 신음소리를 냈다.

"아, 우……."

"뭐 할 말 있냐, 할렌백?"

그리핀이 물었다. 그러면서 팔목을 더 위로 끌어당겨 할렌백에게 새로운 고통을 안겨줬다.

"이게 바로 닭날개 꺾기 기술이란다. 웃긴 이름 아니냐, 할렌백?"

"아…… 아파……."

"뭐라고? 나한테 하는 말이냐?"

"내 팔…… 너무 아파."

에릭은 할렌백의 목소리가 심상치 않다는 걸 느꼈다. 비상사태였다. 그 목소리에는 또 다른 뭔가가, 그러니까 훨씬 큰 공포가 담겨 있었다. 하지만 에릭은 움직일 수도, 도움의 손길을 뻗칠 수도 없었다.

그때 갑자기 경고의 목소리가 들렸다.

"그리핀, 디아즈가 오고 있어."

그리핀은 잽싸게 할렌백을 아이들 무리 속으로 밀어 넣더니 레슬링 장면처럼 드루피에게 할렌백을 잡고 있도록 했다. 나머지 아이들은 "웁스!" 하고 웃음을 터뜨리며 가짜 레슬링 대결을 응원했다.

"여기서 뭐 하는 거니?"

급식감독원 디아즈 부인이 물었다.

코디가 미리 준비된 말을 연극 대사처럼 둘러대기 시작했다.

"최강 파이팅 결승전요! 어제 TV에서 했거든요. 저 자식…… 아니, 할렌백하고 어제 결승전 장면을 재연하고 있는 거예요."

"너희들, 운동장 규정을 잘 알고 있지?"

디아즈 부인이 말했다. 그녀는 코디의 말을 믿지 않았을 뿐만 아니라 코디에 대한 반감도 숨기지 않았다.

그러자 그리핀이 앞으로 나서며 말했다.

"죄송합니다, 디아즈 부인. 우린 그냥 놀고 있었는데, 좀 심했나 보네요."

"사내애들은 어쩔 수 없다니까요. 쯔쯔……."

드루피가 걱정된다는 투로 말했다.

디아즈 부인은 의심스러운 듯 고개를 갸우뚱하면서, 아이들을 죽 둘러봤다. 그러곤 할렌백을 발견하고 물었다.

"할렌백, 괜찮니?"

모든 눈이 할렌백에게로 쏠렸다. 할렌백은 왼손으로 오른쪽 팔꿈치를 부여잡고 있었다. 마치 크게 다친 갓 태어난 새끼 새 같았다.

"그냥 장난, 놀이였어요."

고개를 숙인 채 할렌백이 말했다. 눈에는 눈물이 고여 있었지만, 용감하게 참고 있었다.

그때 점심시간 끝을 알리는 종이 울렸다.

"아참, 포이 선생님 수업에 늦으면 안 돼요. 오늘 시험을 보기로 했거든요."

윌이 급하다는 듯 말했다. 그와 동시에 아이들 모두 교실 쪽으로 발걸음을 옮기기 시작했다.

에릭은 그리핀과 나란히 걸었다.

"뒤를 봐. 뭐가 보이냐?" 그리핀이 물었다.

에릭은 고개를 돌려 참나무 쪽을 바라봤다. 디아즈 부인이 할렌백과 머리를 맞대고 뭔가 얘기를 나누고 있었다. 부인이 할렌백의 팔을 만져보려 했지만, 할렌백은 팔을 뒤로 숨기고 있었다.

에릭은 고개를 흔들며 말했다.

"좀 거칠었어. 그렇지 않아?"

"할렌백은 별로 다치지 않았어. 그리고 녀석이 고자질하는 일은 없을 거야. 안 그러는 게 더 좋다는 걸 아니까."

"내가 보기엔, 너무…… 심했어."

에릭은 그리핀의 눈치를 살피며 조심스럽게 말했다.

"진짜? 진짜 그렇게 생각하는 거야, 에릭?"

그리핀은 빈정대는 투로 말했다.

"이봐, 친구. 난 아무 나쁜 짓도 안 했어. 넌 어때? 내가 항상 궁금한 건 말이야, 내가 대체 무슨 나쁜 짓을 했냐는 거야. 내가 기억하는 건 거기 함께 서서 하하 웃어대던 네 모습뿐이야."

"웃지는 않았어……."

에릭이 부정하자, 그리핀은 손을 내저으며 말했다.

"그만하자, 에릭. 이번은 몰라도 다음번엔 그러고 있을 테니까."

14장
겁주기 게임

그 주 내내 에릭은 할렌백이 고통을 겪는 사건을 많이 목격했다. 나쁜 일이라기보다는 대부분 한심한 일이었다. 복도에서 할렌백 귀를 손가락으로 튕기고 달아나거나, 할렌백 발등을 밟거나, 할렌백 자전거 타이어를 펑크 내거나……. 이런 일이 개학 후 혹은 지난 몇 년 동안 계속되었는지 모르지만, 에릭은 얼마 전까지만 해도 그런 사실을 몰랐다. 하지만 학교 돌아가는 사정을 어느 정도 알게 된 지금, 에릭은 이상하고, 촌스러우며, 일그러진 얼굴을 가진 아이, 데이비드 할렌백이 심한 곤경을 겪고 있다는 걸 알게 되었다.

'웃기기 게임'이란 10월에 시작된 새로운 게임인 것 같았다. 게임 규칙은 간단했다. 다른 아이에게 웃기는 일을 시킨 후 그 아이가 그 일을 하면 그냥 웃는 게임이었다. 그 애를 보고 비웃든, 그 애와 함께 웃든, 아무래도 상관없었다. 웃기기만 하면 게임 성공이었다.

이 게임에는 끼워만 주면 아무리 창피하고 웃기는 일이라도 가리지 않고 할 게 분명한 할렌백이 제격이었다. '패거리에 끼워줄 수도 있어'라는 제스처는 할렌백을 데리고 놀 때 그리핀이 자주 사용하는 아주 효과적인 당근이었다.

할렌백에게 시킬 웃기는 일이란 학교생활을 지겨워하는 남자애들에게 그때그때 웃음을 주는 일이면 뭐든 좋았다. 예를 들어, 이런 것들이었다.

양호선생님 사무실로 가서 물개처럼 울기.

하루 종일 바지를 뒤집어 입기.

헐리 선생님 의자에 몰래 압정 올려놓기.

헤네시 선생님 몰래 우유 훔치기.

기타 등등…….

'겁주기 게임'이란 또 다른 오래된 게임이었다. 이 게임은 항상 웃기는 게임이기도 하다. 게임 방식은 이렇다. 할렌백이나 다른 희생양(뭐 항상 할렌백일 필요는 없다)을 정한 후(예컨대 할렌백이라 치자), 할렌백이 자기 사물함 앞에서 천식호흡기를 들이마시고 있을 때, 드루피가 성큼성큼 다가간다. 그 다음 주먹을 쥐고 한 방 날릴 것 같은 자세를 취하면, 그 모습을 본 할렌백은 공포에 질려 움찔하게 된다. 애들은 그 모습을 너무 재미있어했다. 코디는 겁주기 장난으로 엉엉 우는 할렌백의 얼굴을 보면 배꼽 잡고 웃었다. 정말 찌질한 모습이니까.

그 장난을 할 때면 할렌백은 맞지도 않았는데 "으악!" 하고 비명을 질렀다. 그러면 드루피는 낄낄대면서 "앗싸, 성공!" 하고 소리쳤다.

아이들이 이 게임을 하는 동안 에릭은 한마디도 안 했다. 자기는 아무런 잘못이 없다고 에릭은 생각했다. 그 못된 장난에 참여한 적이 전혀 없으니 말이다. 할렌백을 괴롭히기 위해 손가락 하나 까딱한 적도 없고, 그 게임이 재미있다고 생각한 적도 없었다. 그래서 에릭은 한 걸음 물러난 채, 그저 못 본 척했다. 하지만 사실 에릭은 모든 것을 다 보고 있었다. 복도에 있는 다른 아이들처럼 말이다. 그리고 점차 그 장난의 본질을 깨닫기 시작했다.

그건 청바지를 입은 악동들의 테러였다.

어느 날, 아무도 없는 복도에서 에릭은 할렌백과 마주쳤다. 에릭은 본능적으로 손을 들어 알은체했다. 다른 애들이 봐서는 안 되는 아주 개인적인 인사였다.

그런데…… 할렌백은 움찔 놀라며 몸을 웅크렸다.

에릭의 손이 올라가자 자기도 모르게 몸을 웅크린 것이다.

그때 에릭은 할렌백의 눈에서 공포를 봤다. 에릭은 바로 옆으로 물러서면서 손바닥을 펴 보였다. '헤이, 진정해.' 해를 끼칠 의도는 전혀 없다는 걸 보여주기 위해서였다.

하지만 할렌백은 여전히 공포에 휩싸인 채 고개를 숙이고 구멍을 찾아 도망가는 쥐처럼 허둥지둥 복도를 빠져나갔다.

'나도 다른 애들과 똑같이 나쁜 녀석이구나.' 에릭은 깨달았다.

에릭의 마음속에 한 가지 기억이 떠올랐다. 과거의 기억. 에릭은 둥근 테이블에 앉아 바닐라 아이스크림을 먹고 있었다. 아빠가 접시들을 싱크대에 던져버리고 있었고, 접시는 수류탄처럼 산산조각 났다. 엄마는 정신 나간 사람처럼 절망에 휩싸여 울고 있었다. 에릭은 그때 입속에 있던 아이스크림, 아주 차갑고 달콤한 아이스크림 맛도 생생히 기억하고 있었다.

에릭은 샘을 발견했다. 그리고 그 샘물을 양껏 아주 시원하게 마셨다.

뭔가 변화가 필요했다.

15장

정글의 법칙

"에릭! 누가 찾아왔다."

엄마가 1층에서 불렀다.

내려가 보니 그리핀 코넬리가 현관 앞에서 기다리고 있었다.

"웬일이야?"

"잠깐 얘기 좀 할 수 있냐?"

그리핀이 물었다.

"아니, 아…… 내 말은 그러니까, 문제없다고. 들어와. 난 방금…… 음."

"이렇게 불쑥 찾아와서 미안하다."

에릭은 처음엔 무슨 말을 해야 할지 몰랐다. 자기 집 거실에 서 있는 그리핀의 모습을 보는 게 좀 놀라웠다. 그리핀이 집 안에 들어온 건 처음이었고, 또 그날 점심 사건 이후 함께 어울리는 걸 피하고 있었으니까.

"널 보니 반갑다."

그리핀이 말했다. 사실이 그랬다.

그리핀은 펀치를 피하는 권투선수처럼 머리를 좌우로 까딱거리며 말했다.

"최근에 자주 못 봤지?"

"그래. 정말 바빴어. 숙제도 엄청 많았고…… 개 산책 아르바이트도 했거든. 그리고……."

"개 산책?"

"개처럼 산책하는 그런 일은 아냐."

에릭이 농담조로 말하자, 그리핀은 웃으면서 말했다.

"그래도, 돈은 벌었을 거 아냐?"

"그렇지."

서로 마주 선 두 소년 사이에 잠깐 침묵이 흘렀다.

그리핀은 어색한 듯 엄지손가락으로 코를 긁으며 말했다.

"음…… 그러니까."

"잠깐만."

에릭은 부엌에 있는 엄마에게 물었다.

"엄마, 그리핀이랑 내 방에 함께 올라가도 되죠?"

슈퍼마켓에서 그리핀을 처음 본 후, 에릭의 엄마는 한두 번 더 그리핀을 봤다. 모두 그리핀이 에릭을 찾아왔을 때였다. 그리핀이 찾아와 에릭을 자기 집에 초대할 때마다 엄마는 안 된다고 했다. 이유는 가지각색이었다. 숙제가 너무 많아서라거나, 함께 쇼핑하러 가야 한다거나, 집안일을 해야 한다거나…… 하지만 에릭은 단순히 그런 이유 때문은 아니라는 느낌을 받았다. 엄마가 분명히 말하진 않았지만, 에릭이 느끼기에 무슨 이유 때문인지 엄마가 그리핀에게 처음 가졌던 호감이 식은 것 같았다. 그리핀이 집을 방문했을 때 문만 열어주고 곧바로 부엌으로 가는 건 평상시 엄마의 스타일이 아니었다.

에릭의 방에는 침대로도 쓰이는 낮은 소파가 있었는데, 그리핀이 거기에 앉고 에릭은 바닥에 앉았다.

그리핀의 입가엔 미소가 맴돌았지만, 눈은 웃지 않고 있었다. 그는 손을 청바지에 비비며 물었다.

"루디는 어디 있냐?"

"아래 블록에 있는 친척 집에 입양됐어."

물론 농담이었다.

"그 친척 집에 루디랑 나이가 같은 쌍둥이가 있는데, 루디를 입양해서 이제 세쌍둥이가 된 거지."

그리핀은 팔짱을 낀 채 방을 둘러봤다. 뭔가 할 말이 있는 눈치였지만, 어떻게 말해야 할지 모르는 것 같았다. 에릭은 그리핀이 주저하는 모습을 처음 봤다. 그를 안 이후 그런 모습은 본 적이 없었다.

에릭은 그리핀의 눈치를 살피며 물었다.

"근데 무슨 일이야?"

그리핀은 딴 곳을 쳐다보며 약간 성난 듯 말했다.

"너, 나한테 화났냐? 할렌백이 게임 하다 다친 뒤로 우리 사이에 뭔가 이상한 게 있는 것 같아."

"할렌백이 다친 게 아냐. 네가 걔를 다치게 한 거지. 걔가 그냥 다친 거하고 네가 걔를 다치게 한 거는 차이가 있어."

그리핀의 눈이 휘둥그레졌다.

"우린 그냥 장난친 것뿐이야."

에릭은 저절로 눈이 찌푸려졌다.

"이봐, 그리핀. 뭘 얘기하려는지 모르겠다."

그러자 그리핀이 불쑥 말했다.

"내가 왜 그랬는지 모르겠다."

그러곤 에릭의 눈을 바라봤다.

에릭은 그리핀의 말이 진실이란 걸 알았다. 그리핀은 자기가 왜 그랬는지 진짜로 모르는 것이다.

"난 그냥……."

그리핀은 손을 들었다가 다시 내려놓으며 말했다.

"모두가 나한테 똑같은 질문을 해. 교장선생님, 아빠, 라이언 선생님, 그리고 멍청한 상담선생님까지 말이야. 모두들 그러지. 왜, 왜, 왜 그랬냐고."

그러더니 단호한 목소리로 말했다.

"그러면 난 그래. 모른다고, 그냥 그랬을 뿐이라고."

에릭은 어깨를 으쓱했다. 그리핀이 도대체 무슨 말을 하고 있는지 알 수 없었다.

그리핀은 계속 말했다.

"저번에 우리 집에 왔을 때 네가 물어봤던 이빨 기억나냐?"

"이빨? 아, 네 방 상자에 있던 그 이빨 말이지? 물론, 기억하지."

"지금도 그 이빨에 얽힌 얘기를 듣고 싶냐?"

"물론이지. 그래, 뭐. 네가 원한다면야."

에릭은 무관심한 척했다.

그때 그리핀의 얼굴에 희미한 미소가 떠올랐다. 다시 냉정을 찾은 것이다.

"그건 내 이빨이야."

그러더니 그리핀은 입을 크게 벌리고 입 안을 가리켰다.

"여기, 여기에 씌운 가짜 이빨 보이지? 상자에 있던 건 싸우다가 부러진 내 진짜 이빨이야."

에릭은 그리핀이 왜 자기한테 그런 얘기를 하는지 궁금했다. 이런 얘기를 하려고 온 거야? 에릭은 다시 물었다.

"그래서, 요점이 뭔데?"

"요점?"

그리핀은 머리를 흔들더니 말을 이었다.

"우린 같다는 거야. 그게 요점이야."

'우리가 같다고?' 에릭은 아무 말도 할 수 없었다. 머릿속에 먹구름과 비를 잔뜩 몰고 폭풍이 밀려오는 것 같았다. 제대로 생각할 수가 없었다. 그저 "우린 같아"라는 그리핀의 말만 메아리쳤다. 에릭은 거부감, 혐오감, 그리고 어쩌면 그리핀의 말이 맞을지도 모른다는 공포감을 느꼈다.

그리핀은 씩 웃더니 손가락으로 이빨을 탁, 탁, 두드리며 말했다.

"그래. 그건 친애하는 우리 아빠의 선물이었어. 형편없는 술꾼이거든."

에릭은 그리핀의 눈가에 있던 시퍼런 멍 자국을 떠올렸다. 그리고 낡은 목욕가운을 입고 부엌 의자에 축 늘어져 후르륵거리며 시리얼을 먹고 있던 그리핀 아빠의 모습도 떠올렸다. 그리고 할렌백이 귀찮게 굴던 모습도 떠올렸다. 그날 점심시간에 그런 일이 벌어진 데는 그럴 만한 이유가 있을지도 모른다. 그렇지만, 그런 이유들이 전혀 중요한 게 아닐 수도 있다. 그리핀 코넬리는 악당이다. 분명한 사실은 그것이다. 결국, 모든 일의 근원은 그리핀이 악당이라는 것이다.

"나한테 왜 그랬냐고 똑같은 질문을 해대는 사람들은 모두 날 도와주고 싶다고 해."

그리핀은 비웃듯 말했다.

"모두 친절한 미소에 아주 점잖고 걱정된다는 표정을 짓지. 그 사람들은 사실 내 본성은 착하다고 해."

그리핀은 더욱 경멸적으로 말했다.

"그렇지만, 그 사람들은 날 몰라. 난 그걸 알아. 아주 정확히 알아. 다 거짓말쟁이들이지."

에릭은 무슨 말을 해야 할지 몰랐다. 그래서 자리에서 일어나 방을 나서며 말했다.

"감자칩하고 먹을 것 좀 가져올게."

"프레첼은 가져오지 마라."

그리핀이 농담을 던졌다.

"물론이지. 당분간 프레첼은 사양이다."

에릭은 할렌백을 떠올리며 대답했다.

에릭이 먹을 것을 들고 다시 방으로 돌아왔을 때, 그리핀은 방에 없었다. 잠시 후 방으로 돌아온 그리핀은 화장실에 다녀왔다고 했다. 기분이 조금 나아진 듯했다.

"에릭, 내가 그렇게 나쁜 짓을 한 것 같진 않아. 현실을 정확히 보자구. 할렌백 같은 애들은 항상 당하게 돼 있어. 그게 정글의 법칙이야. 강자만이 살아남지."

"그리핀, 우린 중학교에 다니고 있지, 정글에 있는 게 아니야."

그리핀은 본래의 자신감을 회복한 듯 거칠게 머리를 흔들며 말했다.

"아니, 에릭. 틀렸어. 우리가 다니는 중학교도 적자생존 법칙이

지배하는 정글과 다름없어. 빨리 이해하는 게 좋아."

"글쎄다."

그리핀은 눈을 한 번 깜빡이더니, 눈가로 내려온 앞머리를 입으로 훅 불어 넘겼다.

"생각해봐, 에릭. 우린 모두 동물이야. 그날 내가 할렌백한테 짜증난 이유도 바로 그거야. 내 말은…… 자, 봐. 텔레비전에서 '동물의 왕국'을 본 적이 있을 거야. 할렌백은 무리 속에 있는 병든 가젤 같은 거야. 계속 발을 저는 그런 약한 가젤 말이야. 결국엔 사자들한테 잡혀 먹히고 말지. 물론 그건 공정한 게 아니야. 그렇지만 그런 게 바로 삶이야. 그리고 그런 삶의 규칙은 내가 만든 게 아니야."

에릭은 아무 말 없이 그리핀의 말을 듣고만 있었다.

"누구보다도 넌 내 말이 옳다는 걸 알 거야."

그리핀의 말은 계속되었다.

"날 속일 생각은 하지 마. 넌 그게 어떤 건지 알 거야. 우린 모두 동물이야. 그래서 네가 코디를 족제비라고 부르는 거 아닌가?"

"이봐, 그리핀. 그건 바보 같은 말이야. 내가 코디를 족제비 같다고 한 건 그런 뜻이 아니야."

에릭이 반박하자, 그리핀은 씩 웃으며 말했다.

"물론이지."

그러더니 자리에서 일어나 천천히 방 안을 돌아다녔다. 그리핀은 손가락으로 서가에 꽂힌 책들을 죽 만지다가, 에릭이 어린이야 구대회에서 받은 상장을 살펴보기 위해 몸을 굽혔다. 그러곤 에릭의 아빠가 직접 곡명과 가수 이름을 적어 넣은 조그만 음악 CD들을 집어 들었다.

에릭은 얼른 그 CD들을 빼앗으려 했지만, 그리핀은 잽싸게 뒤로 숨겼다. 에릭이 CD를 중요하게 여긴다는 걸 눈치 챈 것이다. 그리핀은 CD에 적힌 글을 큰 소리로 읽었다.

"'에릭, 록을 들어라. 사랑하는 아빠가.' 와우, 정말 다정하시다."

그러면서 몸을 돌려 CD를 자기 셔츠 안에 집어넣는 척했다. 그 모습을 본 에릭이 그의 손을 움켜쥐자, 그리핀은 웃으며 말했다.

"옜다. 여기 있다. 진정해, 친구. 그냥 장난이라구."

"하나도 안 재밌거든."

"너무 예민하게 굴지 마."

그리핀은 에릭이 당황했다는 걸 알았고, 그런 에릭의 모습을 보는 게 재미있는 것 같았다.

에릭은 물에 빠져 죽어가는 사람이 구명튜브를 찾기 위해 물 속을 살피는 마음으로 흘끔 시계를 봤다.

"어, 벌써……."

"그래, 알았어. 이만 가야겠다."

에릭은 그리핀을 데리고 내려가 문까지 배웅했다. 그리고 그리핀이 스케이트보드를 타고 도로를 지나 거리로 사라지는 모습을 지켜봤다. 물론 헬멧 따위는 쓰지 않았다. 에릭은 안도감을 느꼈지만, 머리가 전보다 더 혼란스러워졌다.

에릭은 그리핀이 앞으로 어떤 사람이 될지 궁금했다.

그날 저녁식사 후 밤늦게 루디가 한 가지 사실을 발견했다. 루디는 도자기로 된 야구공 저금통을 들고 거실로 내려와 징징 짜며 말했다.

"27달러 잃어버렸어. 생일선물에 받은 돈이 몽땅 사라졌어."

엄마와 루디의 눈이 에릭을 향했다.

"어…… 왜 날 보는 거예요? 루디, 난 네 돈은 건들지도 않았어."

"정말이니, 루디? 혹시 다른 데 둔 거 아냐?"

하지만 루디는 단호했다.

"형이 안 가져갔다면…… 그리고 엄마도 안 가져갔다면……."

엄마의 눈이 에릭에게 꽂혔다. 그녀의 표정이 모든 걸 말해주고 있었다. 엄마는 그 돈이 어디로 갔는지 잘 아는 것 같았다.

그때 갑자기 어떤 생각이 에릭의 머리에 떠올랐다. 몇 분 후, 에릭은 아빠 CD를 확인하러 방으로 올라갔다.

그리고 CD 한 개가 사라진 걸 확인했다.

16장
메리와 샨텔

긴 털을 가진 골든 리트리버, '진저'가 현관 안에서 에릭을 기다리고 있었다. 에릭은 토요일 오후 그 개를 산책시켜주는 아르바이트를 했다. 밖에서 문고리 돌아가는 소리가 나면(에릭은 마틴 씨 집 현관문의 뻑뻑한 문고리를 돌리는 데 항상 애를 먹었다) 진저는 쏜살같이 튀어나왔다.

개 산책 아르바이트는 에릭의 적성에 맞았다. 오하이오에 살 때 에릭은 휴가를 떠난 이웃집 개를 돌봐준 적이 있었는데, 그 소문이 퍼져서 다른 이웃들도 필요할 때마다 에릭에게 개를 돌봐달라고 부탁했다. 일에 비하면 수입도 짭짤했다. 신뢰와 책임감만 있으면 할 수 있는 일이었고, 에릭은 천성적으로 그런 성격이었다. 롱아일랜드로 이사 온 후 에릭에겐 두 명의 고정 고객(파커 씨와 오로페사 씨)이 있었다. 그 외에도 주말여행이나 휴가를 떠나는 이웃을 위해 일시적으로 그 집 개들을 돌봐주기도 했다. 일을 얻기 위해 요란하게 나설 필요는 없었다. 그저 동네 커피숍에 광고지만 붙여놓으면 됐다. 그리고 아침저녁으로 개를 산책시키고, 같이 조금 놀아준 후 때맞춰 음식과 물을 주고, 약간의 애정을 보여주기만 하면 됐다. 게다가 에릭은 개를 좋아했는데, 개가 인간보다 훨씬 단순하기 때문이었다.

그리핀이 왔다 간 다음날 진저를 데리고 산책을 나선 길에, 에릭은 큰 갈색 집 앞에서 우연히 메리를 발견했다. 메리는 갈퀴로 낙엽을 쓸고 있었다.

에릭은 메리가 자기를 보길 기대하면서 개를 풀어놓고 어슬렁거렸다. 잠시 후 메리가 에릭을 발견했다. 메리는 미소를 머금고 에릭을 불렀다.

"안녕."

사실을 말하자면, 메리는 에릭보다 진저에 더 관심이 있는 것 같았다. 하지만 에릭은 그것만으로도 만족했다. 메리는 관심을 받으려고 끈을 당기며 깡충거리는 진저를 쓰다듬어주기 위해 몸을 굽혔다. 진저가 지저분한 주둥이로 기습 뽀뽀를 했지만 그러거나 말거나 메리는 진저에 열광했다.

"네가 개를 갖고 있는 줄은 몰랐어."

"내 개는 아니야."

에릭은 개 산책 아르바이트에 대해 설명해주고 메리에게 물었다.

"너, 여기 사니?"

"아니. 그냥 아무 집이나 이웃집 낙엽을 쓸어주고 있어."

메리는 진지한 표정으로 말했다.

"아, 내가 바보 같은 질문을 했구나."

메리는 에릭을 보고 웃더니, 높은 톤의 떨리는 목소리로 진저에게 말을 붙였다.

"혀를 길게 내민 걸 보니, 목마르구나? 물 갖다줄게. 그래. 여기서 잠시만 기다려. 곧 돌아올게."

진저가 플라스틱 통에 담긴 물을 후르륵거리며 마시는 동안 에릭은 개줄을 풀어놓고 메리와 나란히 담 밑에 앉았다. 에릭은 그리핀과 할렌백, 그리고 어제 루디의 저금통 사건을 생각했다. 이 일을 메리에게 얘기하고 싶었지만 메리를 믿을 수 있을지 확신할 수 없었다. '메리도 그리핀 패거리가 아닐까?' 하는 생각 때문이었다. 그래서 에릭은 메리의 속마음을 떠보기로 했다.

"그동안 뭐 하고 지냈니? 네가 그리핀 패거리랑 어울리는 걸 통 못 봐서 말이야."

메리는 들고 있던 단풍잎을 찢어내며 말했다.

"걔네들하고 멀리하려는 중이야. 너무 이상해."

"뭐가?"

메리는 어깨를 으쓱하더니, 다른 잎을 하나 더 주워 들고 잎을 찢기 시작했다.

"그리핀은……."

에릭은 적당한 말을 찾기 위해 잠시 뜸을 들이다가 말했다.

"잘 모르겠어. 이해하기 어려운 애야."

"시간이 걸릴 거야, 에릭. 그렇지만, 결국엔 걔를 알게 될 거야."

"나한테 힌트 좀 줄래?"

짧게 미소 짓던 메리가 이내 미소를 거두고 말했다.

"걔 얘긴 하고 싶지 않아. 솔직히 말하면 그래."

"그래, 알았어."

에릭은 고개를 들고 자리에서 일어났다.

그때 메리가 물었다.

"너, 나랑 같이 놀래?"

"뭐? 정말이야?"

"여기서 얼마 안 떨어진 곳에 개 공원이 있어. 목줄을 풀어줘도 진저가 놀 수 있는 곳이야."

메리와 단둘이 어울리는 건 처음이었다. 아, 물론 진저를 빼면 그렇단 말이다. 진저가 도움이 되긴 했다. 진저는 메리와 에릭이 부담 없이 함께 나눌 수 있는 제3의 친구였다. 길가에서 오래된 테니스공을 발견한 메리는 건너편을 향해 힘차게 공을 던졌다. 그러자 진저가 로켓처럼 달려 나가더니 공을 물고 의기양양하게 돌아왔다. 동물의 본능으로 하는 놀이였다. 에릭과 메리는 진저가 다시 공을 물어오도록 서로 번갈아가며 공을 던져댔다.

그동안 몇 번 메리의 휴대폰이 울렸다. 메리는 휴대폰을 열어

문자메시지를 읽고 다시 닫았다.

메리의 표정이 어두워졌다.

"무슨 일이라도 있니?"

에릭의 말에 메리는 고개를 저었다. 하지만 곧 휴대폰을 꺼내 버튼을 누르더니 뭔가를 보여줬다.

"이것 좀 봐."

그건 어떤 뚱뚱한 여자애의 사진이었다. 사진 속 여자애는 짧은 바지에 배꼽티를 입고 있었는데, 배꼽티에 누군가 포토샵으로 돼지 머리 사진을 얹어놓았다.

"누군데?"

"샨텔 윌리엄스라고 해. 아니?"

"쪼끔. 같이 듣는 수업도 있어."

"모든 애들이 샨텔한테 열 받았어……."

"모두 다?"

"아, 사실 전부는 아니야. 샨텔한테 열 받은 건 크리시랑 알렉시스야. 걔들이 샨텔한테 함께 복수하자면서 나보고 와달래."

에릭은 샨텔을 잘은 몰랐다. 그냥 평범한 애 같았는데, 무슨 일인지 궁금했다.

"샨텔이 무슨 짓을 했는데?"

"알렉시스 말에 따르면, 그래선 안 될 남자애한테 꼬리를 쳤다는 거야."

잠시 침묵이 흐른 후, 메리가 다시 입을 열었다.

"알아. 아무 말도 할 필요 없어. 정말 바보 같은 일이니까."

"크리시랑 알렉시스는 뭘 어떻게 할 건데?"

진저가 공을 물어와 에릭의 발밑에 갖다놓고는 헉헉댔다. 에릭은 그 공을 집어 다시 던졌다. 그렇지만 진저는 날아가는 공을 바라보기만 할 뿐 움직이지 않았다.

"달려! 가서 물어와!"

하지만 진저는 차가운 땅바닥에 얼굴을 대고 전혀 움직이지 않았다.

이제 돌아갈 시간이 되었다. 에릭은 진저 목에 다시 개줄을 채운 후 줄을 끌어 당겼다. 그러고 나서 메리에게 아까 했던 질문을 다시 했다.

메리는 한숨을 쉬고 어깨를 으쓱하더니, 머리카락을 매만지며 말했다.

"크리시랑 알렉시스는 가짜 웹페이지를 만들려고 해. 알렉시스가 최신형 컴퓨터를 갖고 있는데, 나더러 도와달래. 내가 컴퓨터를 잘하거든."

"전에도 그런 짓을 한 적 있니?"

메리는 딴 곳을 바라보며 고개를 끄덕였다.

"응, 조금."

"그래서, 지금 걔네들한테 가려는 거야?"

"아니. 그런 일은 지겨워." 메리는 의외로 단호하게 말했다. "여자애들은 최악이야. 정말 속이 좁아."

에릭은 웃음을 터트렸다.

"남자애들도 항상 좋은 건 아냐. 알잖아?"

"그래. 하지만 남자애들은 서로 주먹이라도 날리잖아. 내가 무슨 말 하는지 알겠지? 한 번 싸우면 그걸로 끝이잖아. 근데 여자애들은…… 정말 질기게 물고 늘어져. 수천 번 칼질해서 죽이려고 해."

에릭은 장난스럽게 발로 진저의 엉덩이를 찼다. 그러곤 속으로 말했다. '개는 정말 좋겠다. 사는 게 간단하잖아? 먹고, 걷고, 싸고. 네가 싼 똥도 네가 치울 필요 없잖아?'

에릭과 메리는 한동안 말없이 걸었다. 그러다가 침묵을 깨고 에릭이 먼저 입을 열었다.

"마리오 피자집에서 피자 먹을래? 내가 살게."

에릭과 메리는 진저를 데려다놓기 위해 마틴 씨 집에 들렀다. 에릭이 진저에게 물을 주려고 부엌으로 들어가 있는 동안 메리는 현관문 앞에서 기다렸다. 에릭은 자기 이름이 적혀 있는 봉투를 하나 들고 나왔다. 그 안에는 20달러짜리 두 장이 들어 있었다.

"마틴 씨 가족은 자주 외출해. 그렇지만 날 완전히 믿지. 정말 좋은 사람들이야."

에릭은 현관문을 잠그고 예비 열쇠를 주머니에 넣었다.

"진저가 불쌍하구나. 이 큰 집에 혼자 있으면 정말 지겨울 텐데 말이야. 불쌍……."

그러고도 메리가 뭐라 뭐라 더 말했지만 에릭은 분명히 들을 수 없었다.

"뭐라고? 뭐라고 했어?"

"아무것도 아니야. 샨텔에 대해 생각하고 있었어. 불쌍한 샨텔."

에릭은 메리의 어깨에 손을 갖다 댔다. 잠시 그렇게 있다가 말했다.

"음, 최소한 넌 아직 샨텔한테 아무 짓도 안 했잖아?"

그러자 메리가 대답했다.

"그래, 아직 아무 짓도 안 했어. 근데 내가 무슨 짓을 한 것 같은 기분이 드는 건 왜일까?"

왕따: 소문과 뒷담화

어느 날 팔다리가 길고 턱수염이 있는 플로이드 상담선생님이 에릭의 과학시간에 들어왔다. 그날의 주제는 '왕따: 소문과 뒷담화'였다.

플로이드 선생님은 이런 교육을 매년 한두 번씩 한다고 설명했다. 9월 초에도 비슷한 수업을 한 적이 있다고 했다. 그렇지만 에릭은 상담선생님이 과학시간에 특별히 들어온 건 지난 몇 주 동안 복도에서 있었던 사건들 때문일지도 모른다고 생각했다.

몇 가지 지침(모든 학생은 기본적으로 서로의 말을 유심히 듣고 서로를 존중해야 한다는 지침)을 정한 후, 플로이드 선생님은 왕따가 무엇인지 설명하기 시작했다.

"왕따란 누군가를 괴롭히기 위해 자신의 힘을 불공정하게, 혹은 반복해서 사용하는 행위다."

에릭은 교실을 죽 둘러봤다. 팻, 하킴, 드루피가 보였다. 메리의 친구 크리시와 알렉시스도 있었고, 물론 메리도 있었다. 에릭은 플로이드 선생님이 그 애들을 보고 말하고 있다는 느낌을 받았다.

플로이드 선생님은 왕따에는 언어적인 왕따, 육체적인 왕따, 위협에 의한 왕따, 그리고 간접적인 왕따의 네 가지 종류가 있다고 했다. 그런데 오늘 플로이드 선생님은 주로 간접적인 왕따에 대해 말했다. 플로이드 선생님이 간접적인 왕따의 예를 말해보라고 하자, 몇 명의 아이들이 거짓말이나 뒷담화를 예로 들었다. 아이들은 차례대로 왕따 피해자나 가해자, 혹은 방관자 입장에서 자기가 겪었던 일을 말했다. 하지만 모두 "제가 아는 어떤 애의 친구가……" 혹은 "저한테 그런 일이 있었던 건 아니지만……" 하는 식으로 말했다.

단 타마라만은 "저도 친구들을 못살게 군 적이 있는데, 그게 왕따라고 생각하진 않았어요"라고 솔직히 말했다.

드루피가 손을 들고 물었다.

"선생님, 이 수업을 여기서만 하는 건가요, 아니면 모든 교실에서 하고 있는 건가요?"

"2학년 아이들 모두에게 이 수업을 할 예정이다. 누구도 예외는 없어. ……최근에 우리가 걱정하는 일이 너희들 가운데서 벌어졌단다."

에릭은 크리시의 눈동자 돌아가는 소리까지 들을 수 있었다. 크리시는 두 손으로 턱을 괸 채 모든 게 정말, 정말 지겹다는 표정을 하고 있었다.

플로이드 선생님은 이제 소문에 관한 토론으로 넘어가서, 소문이 어떻게 확산되는지 말하기 시작했다. 그러면서 학생들에게 '험담'이 뭐냐고 물었다.

아이들은 '험담'이란 누군가를 해칠 목적으로 만들어낸 야비한 말이라는 결론을 내렸다. 선생님이 험담의 사례로 아는 게 있냐고 묻자, 여섯 명의 아이가 손을 들었다. 어떤 여자애는 자기 사물함에 누가 상스러운 메모를 붙여놨다고 했고, 어떤 여자애는 누구를 험담하는 익명의 전화를 받았다고 했다. 에릭은 여자애들 경험담이 재미있기도 했지만 끔찍하기도 했다. 에릭은 남자로 태어난 게 정말 다행이라는 걸 또 한 번(태어나서 937번째로) 뼈저리게 느꼈다. 여자애들은 서로를 잡아먹으려 드는 살인마들 같았다.

수업이 진행되는 내내 메리는 전혀 움직이지 않았다. 그저 앞만 쳐다보고 있을 뿐이었다. 딱 한 번 손을 들고 말하려 했지만, 얼른 손을 오므려 다시 책상 위에 내려놓았다. 말을 하지 않는 편이 좋다고 생각한 모양이었다.

그 뒤로 계속 침묵을 지켰다.

이 수업에서 가장 재미있었던 건 '도전! 퀴즈 게임'이었다. 플로이드 선생님은 퀴즈 게임을 하기 위해 큰 화이트보드를 설치했다. 거기에는 1)왕따를 없애는 법, 2)소문, 3)왕따의 종류, 4)보물찾기라는 네 개의 큰 제목이 있었고, 각 제목마다 다섯 개의 문제가 있었다. 문제당 점수는 100점에서 500점까지였다.

에릭의 순서가 왔을 때 그는 더블 찬스 문제를 골랐다. 맞히면 두 배의 점수를 얻지만 틀리면 두 배의 점수를 잃는 문제였다.

플로이드 선생님은 문제 카드를 꺼내 읽었다.

"왕따를 목격하고도 아무 행동도 하지 않는 사람을 지칭하는 말은?"

에릭은 살짝 불편한 기분을 느끼면서 아무 말 없이 앉아 있었다. 물론 머리를 숙이고 생각하는 척했다. 몇 명의 아이들이 시간이 다 되어간다는 신호로 합창하듯 "두구두구두구두구~" 했다.

"삑! 시간이 다 됐습니다. 누구, 정답 아는 사람?"

플로이드 선생님이 물었다.

그때 누가 외쳤다.

"답은…… 방관자! 아닌가요?"

"정답입니다. 더블 점수 800점!"

남은 시간 아이들은 조를 짜서 조별로 '왕따 없는 학교(왕따 프리존)'를 만들 방법들을 토론했다. 시간이 째깍째깍 흘러갔고, 에릭 조의 서기를 맡은 아시가 빠르게 그 방법들을 써내려갔다. 에릭 조에서 나온 방법들은 다음과 같았다.

- 서로 존중하기
- 왕따 행위를 보면 어른에게 알리기

124

- 나쁜 소문을 퍼트리지 않기
- 왕따 가해자를 응원하지 않기
- 왕따 피해자를 위해 나서주기
- 왕따 가해자와 사귀지 않기
- 방관자가 되지 않기
- 피해자를 돕기
- "그만해"라고 말하기
- 왕따 가해자의 농담에 웃지 않기
- 왕따 피해자에게 잘해주기

왕따를 없애는 방법에 대해 모두가 많은 생각을 갖고 있었다. 재미있는 일이었다. 게다가, 모두들 원래 과학수업보다 이 수업에 더 열중하고 있었다. 정말 최고의 수업이었다. 그때 에릭의 머리에 그리핀 코넬리와 데이비드 할렌백이 떠올랐다. 에릭은 좀 더 열심히 노력해보기로 했다. 플로이드 선생님이 말한 것처럼 왕따의 방관자가 아니라 '친구'가 되어보기로.

수업시간 내내 에릭은 메리를 흘끔흘끔 훔쳐봤다. 하지만 메리는 풀어진 청바지 올을 만지작거리며 계속 창밖만 내다보고 있었다.

18장
무서운 침묵

마지막 시간은 스코필드 선생님의 영어수업이었다(에릭이 제일 좋아하는 수업이었다).

수업 도중 남자애 몇 명이 플로이드 선생님 수업에 대해 장난삼아 숙덕거리는 걸 듣고, 스코필드 선생님이 물었다.

"그게 재미있다고 생각하니?"

"어느 정도는…… 꽤 재미있었어요. 퀴즈 게임까지 했는걸요."

한 아이가 눈치 없이 말하자, 스코필드 선생님이 갑자기 분필을 반으로 쪼갰다. 분필 부러지는 소리가 마치 총소리처럼 교실에 울려 퍼졌다.

스코필드 선생님은 약간 화난 듯이 말했다.

"게임, 게임이라고? 그건 게임이 아니야. 에밀리, 그 과자 좀 치워줄래? 모두 책상을 깨끗이 치워라. 그리고 날 주목하거라."

"왜 화내세요, 선생님? 저흰 아무 짓도 안 했어요."

에밀리가 우는 소리로 말했다.

스코필드 선생님은 몸을 돌려 칠판으로 가더니, 분필로 글을 휘갈겨 썼다. 분필이 칠판에 부딪히는 소리가 요란했다. 스코필드 선생님이 쓴 글은 이랬다.

우리는 시키는 대로 한다.

스코필드 선생님은 칠판에 쓴 글씨를 천천히, 큰 목소리로 읽었다.

"우리는 시키는 대로 한다."

몇몇 아이들이 툴툴거렸다. 그러자 선생님은 날카로운 목소리로 응수했다.

"난 지금 너희들의 협조를 '부탁'하는 게 아니다. 내 이야기를 듣는 건 너희들의 의무야. 알겠니?"

선생님의 얼굴은 벌겋게 달아올라 있었다. 이마엔 굵은 힘줄까지 맺혔다. 스코필드 선생님이 이렇게 화를 내는 모습을 에릭은 본 적이 없었다.

선생님의 단호한 태도에 교실이 곧 조용해졌다.

스코필드 선생님은 손에 묻은 분필가루를 털어내면서 이야기를 시작했다.

"1960년대 초, 스탠리 밀그램이라는 예일 대학교 교수님이 독

일을 방문해서 나치가 유태인을 학살한 장소들을 찾아다녔다. 600만 명의 유태인을 학살한 홀로코스트 현장을 말이야. 그러는 내내 교수님은 궁금했단다. 나치가 아닌 평범한 독일 병사들이 도대체 어떻게 그런 잔인한 행위에 동참할 수 있었는지 말이야. 누군가는 시체 소각로에 불을 피워야 했고, 누군가는 옆에 서서 그 모습을 지켜봐야 했지. 나치도 아니었던 평범한 독일 병사들은 어떻게 해서 이런 말도 안 되는 일이 계속되도록 내버려뒀을까?"

선생님은 잠시 아이들을 둘러본 후 계속 말을 이었다.

"그래서 밀그램 교수님은 40명의 남녀 참가자들을 모집해 한 가지 실험을 했단다. '징벌에 의한 학습 효과'를 알아본다는 명목이었고, 참여하는 대가로 4달러를 주기로 했지. 실험 참가자는 모두 평범한, 우리가 흔히 볼 수 있는 그런 사람들이었어. 나나 너희들 같은 사람들이었지."

에릭은 교실을 둘러봤다. 몇 명의 아이들은 책상에 머리를 처박고 엎드려 있었지만, 대부분은 선생님의 이야기를 듣고 있었다. 메리도 마찬가지였다.

선생님의 이야기가 계속되었다.

실험 참가자들은 한 실험실에 모두 모였다. 그곳에는 하얀 가운을 입은 독특한 인상의 과학자가 한 명 있었다. 그리고 실험 참가자 중에는 자신이 회계사라고 밝힌 중년의 남자가 있었는데 제비뽑기를 한 결과, 그 회계사가 '학생' 역할을 할 사람으로 뽑혔다. 나머지는 '교사' 역할을 맡았다.

"그런데 그 회계사는 사실 회계사가 아니라 이 실험에서 연기를 하도록 고용된 배우였다. 그리고 제비뽑기는 그 배우가 학생으로 뽑힐 수 있도록 교묘히 조작된 거였지."

"몰래카메라!"

한 아이가 소리쳤다.

"그래, 그렇다고 할 수 있지."

선생님은 계속해서 이 실험을 소개했다.

실험을 위해 학생으로 뽑힌 배우는 실험실에서만 볼 수 있는 옆방으로 가서 전압기와 연결된 전선을 머리와 몸에 걸었다. 그 다음, 하얀 가운을 입은 과학자(실험자)가 그 학생(배우)에게 몇 개의 문제를 냈다. 만약 틀린 답을 말하면, 실험 참가자들(교사)은 전압 스위치를 눌러 그 학생(배우)에게 전기 쇼크를 보내야 했다.

"여기서 재미있는 일이 벌어지기 시작했단다."

"드디어!"

메리가 농담을 하자 아이들이 마구 웃었지만 곧 조용해졌다. 다음 이야기가 정말 궁금했기 때문이다.

"실험 참가자들 앞에 놓인 기계엔 30개의 스위치가 있었다. 그리고 각 스위치엔 15볼트 간격으로 15볼트에서 450볼트까지의 전압이 표시되어 있었어. 옆방의 학생이 틀린 답을 말할 때 보낼 전기 쇼크의 정도를 나타낸 거였지. 실험 참가자들은 학생이 틀린

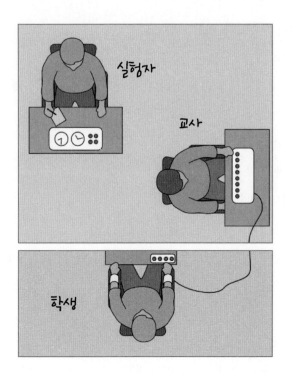

답을 말할 때마다 전압을 높이라는 명령을 받았다. 하지만 사실 그 스위치는 발전기에 연결되지 않았지. 그래서 아무리 높은 전압 스위치를 눌러도 학생에게 전기 쇼크가 가는 건 아니었어. 그렇지만 그 학생은 전기 쇼크를 받은 것처럼 쇼를 했단다. 실험 참가자들은 그 사실을 몰랐지."

이야기가 갈수록 흥미진진해지고 있었다. 선생님은 계속 말했다.

"실험이 진행되자, 학생은 고통스러운 신음소리를 내다가, 비명을 질렀고, 미친 듯이 벽을 두들겨댔다. 사실 모두 연기였지. 어쨌든 학생은 제발 실험을 멈춰달라고 애원하고 빌었어. 그걸 본 40명의 참가자 중 14명은 실험에 계속 참가하기를 거부했어. 하지만 나머지 26명은 학생의 비명과 고통을 무시하고 끝까지 실험을 마쳤지. 이 26명은 1번부터 30번까지의 스위치를 모두 눌렀단다."

선생님은 교실을 죽 둘러보면서 말했다.

"그 26명 중 어떤 사람은 나나 너희들처럼 의심이 들었을 거야. 이 실험이 잘못된 것이라고 느꼈겠지. 그래서 그만두고 싶었겠지. 하지만 과학자가 단호한 목소리로 그 정도 쇼크로는 사람이 죽지 않는다고, 자기가 모든 책임을 질 테니 시키는 대로 실험을 계속하라고 했기 때문에, 그들은 과학자의 명령을 따를 수밖에 없었단다."

그러면서 선생님은 칠판에 적힌 글씨를 가리켰다.

우리는 시키는 대로 한다.

"이해하겠니?"

교실은 조용했다. 학생들은 이 이야기가 무엇을 의미하는지 잘 몰랐다. 어떤 애는 시계를 봤고, 어떤 애는 책을 가방에 넣기 시작했다. 수업 끝종이 울릴 때가 되었기 때문이다.

"혼자 곰곰이 생각해봐!"

선생님이 말했다. 그의 눈은 메리에게로 향하고 있었다.

"다른 사람이 뭘 하는가는 중요치 않다. 자기 자신의 마음을 들여다봐야 한다."

"그게 우리하고 무슨 상관인데요?" 한 아이가 물었다.

"전부, 너희들의 모든 것과 상관있다. 이건 옳은 일을 할 용기가 있느냐, 없느냐에 관한 것이다."

수업 끝종이 울렸다. 에릭은 책상 위의 책을 가방에 챙겨 넣었다.

선생님은 게시판에 붙어 있는 마틴 루서 킹 목사의 사진을 가리키며 말했다.

"마틴 루서 킹 목사는 그걸 '무서운 침묵'이라고 했다."

선생님은 수업 끝종이 울린 후에도 계속 아이들에게 말했다.

"결국, 우리는 적이 한 말이 아니라 우리 친구들의 침묵을 떠올리게 될 거다."

스코필드 선생님은 정말 이상한 사람이었다. 가끔은 약간 다혈질이 되었다.

하지만 에릭의 머릿속에는 벽에 매달린 다트처럼 한 가지 영상이 깊이 새겨졌다. 전선을 몸에 휘감은 채 벽을 치면서 "그만! 누가 좀 도와줘요! 그만두게 해줘요!"라고 애원하는 한 남자의 모습이었다. 이상하게 그 남자의 모습은 진짜 전기 쇼크로 고통을 받고 있는 모습이었다.

19장
할렘백의 결심

에릭이 루디의 방에 들어갔을 때 루디는 실내농구게임을 하고 있었다. 루디는 애원하는 듯한 표정으로 형을 바라봤다. 실내농구게임은 둘이 해야 훨씬 더 재미있는 게임이다.

에릭은 벽에 붙어 있는 조그만 책장 앞으로 가서 돈을 세기 시작했다. 20달러, 5달러, 그리고 2달러. 모두 27달러였다. 에릭은 그 돈을 책장에 집어넣었다.

루디는 놀란 표정으로 그 모습을 지켜봤다.

"형이 훔쳐간 거였어?"

에릭은 구태여 부정하지 않았다.

"엄마한테는 그냥 찾았다고 해."

"형……."

"네 돈이 다시 돌아왔잖아, 안 그래? 누가 그 돈을 훔쳐갔는지는 중요치 않아."

에릭은 신경질을 내며 말했다.

"엄마한테, 그냥 침대 밑에서 찾았다고 해."

루디는 다리만 긁적일 뿐, 알았다고도 싫다고도 못했다.

에릭은 루디 방을 나와 곧장 자기 방으로 가서 침대에 드러누웠다. 기분이 씁쓸했다.

에릭은 그리핀 코넬리 문제를 어떻게 처리해야 할지 결정하지 못했다. 루디의 돈과 아빠 CD를 훔친 것에 대해 그리핀에게 따져 물어야 할까? 아니면 그냥 모른 척해야 할까?

오늘 둘은 복도에서 마주친 순간 서로에게 눈을 고정한 채 걸음을 늦추지도, 아무 말도 하지 않고 서로를 향해 다가갔다. 그러다 갑자기 에릭의 머리가 끄덕했다. 자기도 모르게 그리핀에게 알은체를 한 것이다. 그리핀도 답례로 머리를 끄덕했다. 그렇게 되고 말았다.

에릭과 그리핀은 그렇게 서로 아무 일도 없었던 것처럼 굴었다. 하지만 상처는 이미 나고 말았다.

그건 돈 문제가 아니었다. 그리핀이란 인간을 아느냐, 모르느냐 하는 문제였다. 이제 에릭은 그리핀에 대해 모든 것을 알게 되었다. 27달러와 CD 한 장을 잃어버리고 말이다. 그렇지만 어쨌든 에릭은 알게 되었다. 스위치가 켜지고 어두운 방이 환해진 것 같았다.

정말 헷갈렸던 건 에릭이 이 모든 걸 알게 되길 그리핀이 원하는 듯 보였다는 것이다. 그리핀이 처음으로 에릭의 집으로 들어왔던 것도 그 때문인 것 같았다. 결국 그리핀은 가면을 던져버렸다. 양의 탈을 벗어던진 늑대가 이를 갈고 발톱을 세우면서 본모습을 드러냈다. 거기에는 일말의 의혹도 없었다. 하지만 동시에 그리핀은 아빠가 자기 이빨을 부러뜨린 일을 얘기하면서 말했었다. "우린 같아"라고.

과연 그럴까?

오늘 에릭은 우연히 할렌백과 마주쳤다. 그런데 바로 그때 뒤에서 아주 능숙하게 할렌백의 등을 후려치며 누군가 나타났다.

"인마, 할렌백!"

코디였다.

에릭은 할렌백에게 가 함께 걸으며 말했다.

"저 녀석이 너한테 함부로 하게 내버려두지 마."

할렌백은 놀란 표정으로 에릭을 쳐다봤다. 그러곤 에릭과 떨어져 걸으려는 듯 속도를 높였다. 하지만 에릭은 할렌백을 따라갔다. 둘은 학교 건물 한쪽 끝에 있는 음악실로 향했다.

에릭은 말했다.

"네가 어떤 기분인지 알아."

"그래, 맞아. 네 기분이 어떤지 알겠지."

할렌백이 비웃듯 대꾸했다.

에릭은 비스듬히 할렌백을 바라봤다.

"할렌백, 넌 누군가한테 녀석들의 못된 짓을 다 얘기할 수도 있어."

그러자 할렌백이 빈정대듯 말했다.

"그게 도움이 될 거라고 생각하니? 들어봐, 친구. 난 누구한테도 일러바치는 그런 애가 아니야. 난 어떤 선생님한테도 징징 짜면서 이르진 않아. 너한테도 마찬가지고."

"그렇게 화낼 필요 없어. 난 단지 널 도우려는 것뿐이야."

그러자 할렌백은 에릭에게 주먹을 들어 보였다. 그 다음 검지와 엄지손가락을 차례로 폈다. 할렌백이 두 손가락으로 만든 것은 총 모양이었다. 할렌백은 그 총 끝을 에릭에게 향한 후 다시 천장을 겨냥했다. 그러곤 총을 쏘는 시늉을 했다. 탕, 탕!

그리고 나서 할렌백은 말했다.

"날 어떻게 지켜야 하는지는 나도 안다구. 걱정 마, 친구."

에릭은 담임시간에 숙제에만 집중하려고 했다(그렇지만 실패했다). 그때 누가 나설지를 둘러싸고 교실 뒤쪽에서 메리와 다른 여자애들 사이에 작은 소란이 있었다. 서로 의견이 안 맞는 것 같았다. 그러다 메리가 스코필드 선생님 책상으로 달려 나오더니 도서관에 가야 하니 자유출입증을 달라고 했다. 선생님은 거절했다. 하지만 메리는 매우 중요한 일이라고 하면서, 계속 출입증을 요청했다. 처음엔 선생님도 단호했다. 하지만 조용히 의논한 끝에 결국 도서관 출입증을 주었다.

"감사합니다."

메리는 선생님에게 출입증 카드를 받아 곧바로 교실을 나갔다.

무슨 일이 벌어지고 있는 게 분명했다.

그러는 동안, 에릭은 할렌백이 걱정됐다. 에릭은 녀석이 겁나기 시작했다. 할렌백이 권총 쏘는 흉내를 낸 게 계속 찜찜했다. 그건 무슨 뜻일까? 할렌백이 실제로 권총을 갖고 있는 건 아니었다. 파리 한 마리도 못 죽일 애가 허풍으로 그런 것에 불과했다. 할렌백이 정말 누구를 해칠 것 같지는 않았다.

가장 나쁜 것은 아이들이 할렌백을 괴롭히는 이유를 에릭도 알고 있다는 거였다. 솔직히 말하면, 할렌백에겐 도저히 좋아할 수 없는 뭔가가 있었다. 에릭이 잘해주려 해도, 할렌백은 계속 에릭을 거부했다. 거부하는 건 그래도 얌전한 편에 속했다.

계속 이런 일을 겪은 후, 어느 날 에릭은 결심했다. 그날 에릭은 할렌백 옆자리로 가서 말했다.

"한 가지만 말해줘. 그럼 널 귀찮게 안 할게. 네가 그리핀 패거리랑 친구가 되고 싶어 하는 이유가 대체 뭐냐?"

그러자 할렌백은 에릭을 똑바로 쳐다보며 말했다.

"난 이미 걔네들하고 친구야."

에릭은 어리둥절했다.

"녀석들이 하는 짓이라곤 널 괴롭히는 것뿐이잖아."

"항상 그런 건 아냐. 그리핀은 날 좋아해."

137

에릭은 자기 귀를 의심하면서 잠시 할 말을 잊었다. 그러다 마침내 절망한 목소리로 소리쳤다.

"그리핀은…… 나쁜 놈이야!"

에릭은 자기가 그런 소리를 지른 것에 대해 스스로도 놀랐다. 그 말이 입 밖으로 튀어나오기 전까지는 자기가 그런 생각을 하고 있었는지도 몰랐다. 그건 마음 깊은 곳에서 우러나온 말이었다.

할렌백은 아무 말도 하지 않았다. 대신 눈빛이 차갑게 변하더니 입을 다물고 조용히 고개만 끄덕였다. 하지만 그건 에릭의 말에 동의하는 그런 태도는 아니었다. 다른 의미였다. 그건 할렌백이 뭔가 결심을 했다는, 이제 모든 것을 알겠다는 그런 제스처였다.

하지만 에릭은 그때까지만 해도 그게 무슨 뜻인지 전혀 몰랐다.

그리핀의 도발

점심시간, 에릭은 식탁 맨 끝에 앉았다. 운동장에서 할렌백을 괴롭힌 사건이 있은 후부터 에릭은 그리핀과 떨어져 앉았다. 에릭은 그리핀 패거리가 자기를 보는 표정에서가 아니라, 그들이 자기에게 눈길을 주지 않고 있다는 데서 뭔가 일이 벌어지고 있다는 느낌을 받았다. 그들은 에릭을 그 자리에 없는 사람 취급하고 있었다.

에릭은 그들이 점심을 마치고 운동장으로 나가자 안도감을 느꼈다. 동시에 혼란과 불안도 느꼈다. 에릭의 머리는 수많은 생각으로 뒤죽박죽이었는데, 그 생각은 모두 그리핀에 관한 것이었다. 그래서 에릭은 메리를 찾아 운동장 주변을 서성였다.

그러다가 자기처럼 혼자 있는 메리를 발견했다.

"무슨 일이니?"

메리는 고개를 돌려 어딘가를 바라봤다. 에릭도 메리의 시선을 따라 고개를 돌렸다. 그곳에는 다른 여자애 몇 명과 샨텔 윌리엄스가 있었다. 샨텔은 몸을 떨며 울고 있었고, 다른 여자애들은 샨텔을 위로하고 있었다.

"크리시랑 알렉시스가 샨텔한테 못된 짓을 했구나? 그렇지?"

"그거 못 봤어?" 메리가 되물었다.

에릭은 그게 뭔지 몰랐다.

"알렉시스 패거리가 웹페이지를 만든 뒤 그걸 이메일에 링크해 다른 애들한테 보냈어. 그 웹페이지엔 샨텔의 끔찍한 사진들이 가득했고, '샨텔이 뚱뚱한 10가지 이유'라는 제목이 붙어 있었어. 정말…….'"

메리는 차마 말을 잇지 못했다. 너무 황당해서인지 길을 잃은 사람처럼 주변을 두리번거리며 침만 삼켰다.

"샨텔은 알렉시스가 그랬다는 걸 아니?"

한순간 눈을 깜빡이긴 했지만 메리의 얼굴에는 아무런 반응도 없었다.

"학교는 알아. 학교보안관 골즈워디 씨 말이야."

에릭은 좀 더 자세히 메리의 표정을 살피며 물었다.

"네가 말한 거니?"

"난 지금 혼자야."

목이 멘 소리로 메리가 말했다.

"넌 혼자가 아니야, 메리."

에릭이 정정해주었다.

"아니야. 넌 내 말이 무슨 말인지 알잖아?"

에릭은 메리 말이 옳다는 걸 알았다. 자기가 메리 옆에 가까이 서 있다 해도, 메리는 혼자 있는 거나 마찬가지였다. 메리는 다른 애들 속에 끼지 못했다. 친구들로부터 '아웃'된 것이다.

에릭은 학교 운동장을 둘러봤다. 그런데 이상한 모습이 보였다. 그리핀이 할렌백과 함께 걸으며 다정한 모습으로 얘기를 나누고 있었다. 다른 애들과 떨어져 둘이 함께 걷고 있었다. 그리핀은 할렌백이 하는 말을 들으면서 고개를 끄덕였고, 할렌백은 뭔가를 계속 말하고 있었다.

이상한 광경이었다.

그때 메리가 깊은 숨을 내쉬며 말했다.

"저 애한테 얘기할래."

"샨텔 말이니?"

메리는 고개를 끄덕였다.

"응, 얘기를 해야겠어."

에릭은 어떻게 해야 할지 몰랐다. 메리가 멀어져 간 후, 에릭은 그저 버릇처럼 드루피, 신제이, 마셜, 윌, 하킴 등과 합류했다. 하지만 자기 친구였던 알렉시스와 크리시를 거스른 메리의 태도에 깊은 자극을 받은 상태였다.

에릭은 불쑥 말했다.

"왜 우린 쟤네를 그냥 내버려두는 걸까?"

"뭐라고?"

"다른 애를 괴롭히는 애들 말이야."

에릭은 왕따에 관한 플로이드 선생님의 수업을 생각하고 있었다.

"그냥 모른 척하면서 있을 순 없어."

드루피와 아이들은 에릭의 머리에 꽃이라도 핀 것처럼 에릭을 쳐다봤다.

"에릭, 인마. 우린 지금 미식축구 얘기를 하고 있었어. 하킴은 올해 뉴욕 제츠가 우승할 거라고 장담했고 말이야."

드루피가 말했다. 그러자 팻이 웃으면서 끼어들었다.

"하킴은 항상 제츠가 우승할 거라고 해."

"올해는 분명 내가 맞을 거야!"

이를 드러낸 채 웃으며 하킴이 외쳤다.

하지만 에릭은 아이들 말에 휩쓸리지 않고 자기가 하려던 말을 이어나갔다.

"내 말은…… 지난번 그리핀이 할렌백을 괴롭힐 때 왜 우린 그걸 막지 못했냐 거야."

그러자 갑자기 아이들 분위기가 달라졌다. 말이 없어졌고 불편한 기색이 역력했다. 몇 명의 눈길은 멀리 앞서 가고 있는 그리핀과 코디에게로 향했다.

"어떻게 생각하냐, 하킴?"

검은 피부에 몸집이 좋은 하킴이 에릭을 바라봤다.

하킴은 어깨를 으쓱하더니 멋쩍게 웃으며 말했다.

"우리 엄마가 그런 일에 끼지 말라고 했어. 난 문제가 생기는 걸 원치 않아."

그러자 드루피가 끼어들었다.

"할렌백은 찌질이야. 녀석이 얼마나 귀찮게 구는지 알잖아, 에릭. 녀석은 가끔씩 거칠게 다룰 필요가 있어. 녀석이 그걸 자초하잖아?"

"헤이, 제발 한 대 더 때려주세요."

마셜이 할렌백의 우는 소리를 흉내 내며 말했다.

아이들이 고개를 끄덕이며 웃음을 터트렸다.

하지만 에릭은 한 아이, 팻은 웃지 않았다는 걸 눈치 챘다.

"넌 어때, 팻?"

팻은 땅을 내려다보고 침을 삼키며 말했다.

"그리핀이 좀 거칠긴 했지…… 근데 말이야…… 그때 네가 뭐라고 했다면 어떤 일이 벌어졌겠냐? 바로 얻어터졌을걸?"

"우리가 참견할 일이 아니야." 윌이 말했다.

"누구한테 그 사실을 말하겠냐? 교장선생님? 담임선생님? 선생님들은 아무것도 할 수 없어." 마셜이 말했다.

"학교보안관 골즈워디 씨는 어때?" 에릭이 물었다.

"그래봤자 청원경찰에 불과해." 신제이가 대꾸했다.

그러자 드루피가 조언하고 나섰다.

"이봐, 에릭. 내 말 잘 들어. 그냥 쉽게 생각해. 왜 문제를 키우려는 거야, 응? 맞는 애는 항상 있기 마련이야. 그게 인생이야. 과학에서는 그걸 뭐라고 그러는지 알아? 그런 걸 자연선택, 적자생존이라고 하는 거야."

그때 코디가 다가왔다. 코디는 숨 쉬는 소리가 들릴 정도로 바짝 에릭 곁에 붙어서 아이들이 하는 얘기를 유심히 들었다. 발을 꼰 삐딱한 자세가 영락없이 말없는 위협이었다.

드루피의 말에 에릭은 고개를 흔들며 반박했다.

"아냐, 드루피. 내 생각에 그건 공정하지 않……."

그때 그리핀이 왔다.

"헤이, 무슨 말들 하고 있는 거냐?"

그의 목소리는 밝고 맑았으며, 눈은 아이들을 하나씩 훑어보고 있었다.

그리핀은 에릭을 보며 말했다.

"무슨 말 하는 중이냐고?"

"아무것도 아니야, 그리핀."

"좋아. 그렇다면……."

잠시 말을 멈추더니 그리핀은 눈에 들어간 먼지 부스러기를 손가락으로 비벼 빼냈다. 모두가 불편한 심정으로 그를 바라봤다. 그리핀은 손을 동그랗게 오므려 에릭의 귀에 갖다 대고는 이렇게 속삭였다.

"말조심해, 에릭. 이 학교에선 비밀을 지키기가 쉽지 않거든."

그러곤 에릭에게 윙크를 보내고 할리우드 배우처럼 활짝 웃더니, 눈가에 내려온 머리카락을 입으로 훅 불어 넘겼다.

그때 수업 시작종이 울렸다. 아이들은 교실로 향했다. 그런데 그리핀이 에릭의 셔츠를 잡아당기며 말했다.

"헤이, 그건 그렇고 네 CD 잘 들었다. 근데 솔직히 말하면, 정말 약했어. 시시했다구. 너네 아빠는 뭐 하는 사람이냐? 꽃장수쯤 되냐?"

그리핀의 말을 듣고 애들 몇 명이 웃음을 터트렸다. 에릭의 얼굴이 벌겋게 달아올랐다.

"오, 아니지. 기억난다."

그리핀은 손가락을 가볍게 돌리며 계속 말했다.

"너네 아빠는 정신이 좀 나갔지?"

그 순간 에릭의 이성이 마비되었다. 눈에 커튼이라도 친 것처럼 갑자기 아무것도 보이지 않고 캄캄해졌다. 심장이 미친 듯 쿵쾅거리고 피가 쉭 하며 몸을 도는 소리 말고는 아무 소리도 들리지 않았다.

에릭은 주먹을 꽉 쥐고 뭐든 때려눕히고 싶었다.

"어쭈, 나한테 한 방 먹이려구? 모르냐? 학교에서 폭력을 쓰면 안 되지."

그리핀이 씩 웃으며 놀렸다.

그때 코디가 한 걸음 앞으로 나오며 눈짓으로 건물 쪽을 가리켰다. 에릭이 흘긋 보니, 디아즈 부인과 또 한 명의 급식감독원이 이 모습을 지켜보고 있었다.

에릭은 머리를 흔들었다. 분노가 좀 가라앉았다.

에릭은 경멸조로 그리핀에게 내뱉었다.

"너한텐 내 주먹이 아깝다."

주변 아이들을 의식한 그리핀은 손바닥을 내밀며 능글능글 말했다.

"이봐, 친구. 왜 나한테 화풀이야? 네가 정말 주먹을 날리고 싶은 사람은 너네 아빠 아닌가?"

"붙어, 붙어." 신제이가 싸움을 재촉했다.

하지만 그리핀은 강자의 여유를 보이며 상황을 끝냈다.

"다음에 보자, 에릭."

녀석의 미소는 깨끗하고 순수한 햇살 같았고, 긴 속눈썹은 가볍게 깜빡였으며, 볼은 투명한 핑크색을 띠고 있었다. 녀석은 완벽한 천사의 가면을 쓰고 있었다.

뜻밖의 배신

그날 수업이 모두 끝난 후 에릭의 사물함 앞에서 할렌백이 기다리고 있었다. 할렌백의 표정엔 걱정하는 기색이 역력했다. 누가 자기를 감시라도 하고 있을까 싶어 불안한 표정으로 여기저기 두리번거리고 있었다. 할렌백은 누가 갑자기 나타나 자기를 공격하는 데 익숙해진 아이였다.

"무슨 일이냐, 할렌백?"

"네가 말한 걸 생각해봤어."

"그래?"

"너한테 보여줘야 할 게 있어."

"그래, 보자."

"여기선 안 돼."

할렌백의 목소리에는 근심이 가득했다. 안절부절못했고, 긴장한 기색이 역력했다.

"날 따라오면 보여줄게."

에릭은 인상을 찌푸렸다. 시간이 없었기 때문이다. 산책시켜야 할 개가 두 마리나 있었고, 해야 할 숙제도 산더미같이 쌓여 있었다.

"그럼 빨리 가자."

에릭이 재촉하자, 할렌백은 에릭의 얼굴을 제대로 보지도 않고 급히 고개를 끄덕였다.

에릭은 한숨을 내쉬며 사물함을 열고 가방을 꺼냈다.

둘은 학교 정문을 나섰다. 할렌백이 데리고 간 곳은 파이널 레스트 애완동물묘지였다.

"아무도 우리가 함께 있는 걸 안 봤으면 해서."

"이럴 필요까진 없잖아. 뭐 하러 여기까지 와서……."

에릭은 불평을 늘어놓기 시작했다. 하지만 할렌백의 표정을 보는 순간 불평을 멈췄다. 다른 애들한테 맞고 왕따 당하던 할렌백이 처음으로 누군가를 신뢰하는 모습을 보이고 있었기 때문이다. 할렌백은 벨포트 센트럴 중학교에 있는 모든 사람 중에서 유일하게 에릭에게 다가왔다. 어쩌면 그건 에릭이 이사 온 지 얼마 안 된 새내기이기 때문인지도 몰랐다. 더욱이 최근에 에릭은 할렌백에게 잘해주려고 무던히도 노력해왔다. 어떤 의미에서 에릭과 할렌백은 모두 아웃사이더니까.

함께 걸으면서 에릭은 할렌백이 도대체 무엇을 보여주려는 건

148

지 궁금했다. 이상한 노트나 사진을 발견한 것인가? 그때 갑자기 한 가지 생각이 떠올랐다. 혹시 무기 아냐? 칼? 총? 다른 애들한테 시달림을 받다가 더 이상 못 참고 극단적인 일을 벌이는 애들이 가끔 있었다.

아니다. 할렌백은 그럴 리 없다. 하지만 아무리 노력해도 에릭은 불길한 생각을 지울 수 없었다. 지금 이 순간까지도 에릭은 할렌백에 대해 아는 게 별로 없었다. 그가 완벽한 왕따이며, 매일 시달림을 당하고, 항상 분노로 가득 차 있다는 것만 빼고 말이다.

둘은 낮은 담장을 넘어 묘지 안으로 들어갔다.

"도대체 어디까지 가는 거야?"

"저 뒤까지. 가면 알 거야."

애완동물묘지는 학교 근처에 있지만 에릭이 이곳에 들어온 건 처음이었다. 생각보다, 그리고 진짜 공동묘지보다는 그리 무섭지 않았다. 에릭은 묘지 안에 엄청나게 큰 비석이 있는 걸 보고 놀랐다. 대부분의 비석은 허벅지 높이로 그리 크지 않았지만 큰 것은 집채만 한 것도 있었다. 비석들은 옅은 갈색이나 회색이 대부분이었고, 밝은 검정색 비석도 드문드문 있었다. 각각의 비석에는 애완동물의 이름과 생년월일, 그리고 주인 이름이 새겨져 있었다.

에릭은 좀 웃기다고 생각했다. 이곳은 공동묘지고, 공동묘지에서는 기본적으로 엄숙한 기분이 들어야 하지만, 비석에 새겨진 스파키, 먹시, 루더, 버블 같은 이름을 보니 절로 웃음이 나왔다.

어떤 비석에는 죽은 애완동물 사진까지 붙어 있었다. 개나 고양이 동상을 작게 조각해 장식한 묘도 있었다. 한 비석 앞에는 갖다 놓은 지 얼마 안 된 꽃다발이 있었는데, 에릭은 그걸 본 순간 세상에서 가장 까불거렸던, 하지만 지금은 하늘나라로 간 요크셔테리어 처클의 묘 앞에서 눈물을 훔치는 여인의 모습이 떠올랐다.

또 여름에 기르던 개가 죽었다던 급식도우미 로젠 아줌마도 생각났다. 그날 그리핀과 이야기를 나누면서 로젠 아줌마는 자기 개의 죽음을 진정으로 슬퍼했다. 그 개 이름이 뭐였더라? 그래, '데이지'. 에릭은 몇 년 전 강아지를 사달라고 졸랐을 때 아빠가 했던 말이 생각났다.

"개는 언제나 사람 마음을 아프게 한단다. 10년은 즐겁지만, 마지막 2년 동안은 무척 힘들지. 엄청난 수의사 비용을 남기고 개는 죽고 만단다. 그럼 네 가슴이 찢어지게 아프겠지. 개는 안 기르는 게 좋아."

그게 아빠였다. 반은 공허한 남자.

할렌백은 아무 말 없이 저만치 앞서 걷고 있었다. 할렌백은 동물묘지에 들어온 다음부터는 한마디도 하지 않았다. 그 애 마음속에 뭔가 무거운 것이 들어 있는 것 같았다.

동물묘지 끝 가까이에 갔을 때, 할렌백이 작은 화강암 묘지를 가리켰다. 그 묘지의 네 귀퉁이에는 독립기념일 때처럼 작은 미국 국기들이 꽂혀 있었다. 그리고 비석에는 '체커스, 1951-62, 닉슨'

이라는 글이 새겨져 있었다.

"나한테 보여주겠다고 한 게 이거야? 여기에 닉슨 대통령(미국의 제37대 대통령:옮긴이)의 개가 묻혀 있는 거야?"

에릭이 물었지만, 할렌백은 들은 척도 안 했다. 그 애의 신경은 다른 데 쏠려 있는 것 같았다. 그런데 할렌백이 모퉁이를 돌아선 순간, 그곳에서 다섯 명의 남자애가 나타났다.

에릭은 그들이 누군지 모두 알아볼 수 있었다. 그리핀이 패거리를 이끌고 있었고 그 옆에 코디가 따라왔다. 그들의 얼굴을 보자 에릭은 본능적으로 안 좋은 일이 생길 것 같은 느낌이 들었다. 녀석들이 또 할렌백을 때릴지 모른다.

"할렌백, 어서 이곳을 나가. 내가 저 애들하고 얘기할 테니까."

그런데 할렌백은 "흥" 하고 코웃음을 치더니, 그리핀 쪽으로 다가가면서 반갑게 그들을 맞이했다.

"헤이, 얘들아."

"할렌백, 그러지 말라니까."

하지만 할렌백은 머리를 들고 에릭을 노려봤다. 그렇게 에릭을 노려보는 그의 얼굴에는 반감과 혐오감이 가득했다. 당황한 에릭에게 할렌백은 말했다.

"바보 같은 놈. 이 애들이 날 노린다고 생각하냐?"

상황을 파악하는 데 약간의 시간이 걸렸다. 에릭은 할렌백, 그리핀, 그리고 코디의 비쩍 마른 얼굴을 차례로 훑어봤다. 풍선이 부풀어 오르듯 가슴에 허무함이 밀려왔다. 손에는 전류가 흐르는 것 같았고 다리는 돌멩이를 매단 듯 무거웠다.

'오, 젠장.'

22장
가입 신고식

코디 녀석이 위협적인 태도로 앞으로 나섰다. 싸우고 싶어 안달이 난 녀석은 불편할 정도로 가까이 에릭에게 다가섰다. 다른 애들은 에릭을 가운데 두고 반원을 만들며 주변을 어슬렁거렸다. 드루피, 윌, 신제이였다. 쇼를 보러 나타난 것이다.

할렌백은 보이지 않는 어떤 선을 넘어 이제 그리핀과 한편이 되어 있었다. 그리핀은 형식적인 인사치레로 고개를 까딱했다. 에릭은 뭔가 심각한 일이 일어나리라는 걸 직감적으로 느꼈다. 다른 누구도 아닌 할렌백이 여기까지 자기를 유인했다. 함정을 파놓고 말이다. 그리고 이제 여기서 무슨 일이 벌어질 찰나에 있었다.

에릭은 할렌백에게 말했다.

"이게 나한테 보여주겠다는 거야?"

"아니, 너한테 보여주려던 건 따로 있어."

코디가 다가오며 말했다. 그러곤 에릭의 가슴에 손을 얹고 화난

153

목소리로 위협했다.

"이봐, 에릭. 네 녀석이 나에 대해 뭐라고 떠들고 다녔는지 다 들었다."

에릭은 코디가 무슨 말을 하는지 이해가 안 됐다.

"네가 너에 대해 뭐라고……."

"네 녀석이 날 뭐라고 불렀는지 말이야."

에릭의 가슴을 툭 치며 코디가 말했다. 세게 친 건 아니었지만 그렇다고 부드럽게 건드린 것도 아니었다.

에릭은 그제야 알았다. 족제비라는 말. 코디 녀석은 어디서 그 말을 들은 것일까. 에릭이 그 말을 입 밖에 낸 건 단 한 번, 한 달 전 슈퍼마켓에서 그리핀과 함께 있을 때였다.

그렇다. 범인은 그리핀이었다. 녀석이 분명했다. 그리핀은 손가락 하나 까딱하지 않고 꼭두각시 인형들을 조종하고 있었다. 모두 그리핀이 꾸민 짓이었다. 코디는 그리핀이 필요할 때마다 사용하는 도구, 무기에 불과했다.

에릭은 쓴웃음을 지었다. 코디의 얼굴, 커다란 앞니, 지저분한 머리, 그 모든 것이 구역질 날 정도로 싫었다.

"그래서, 뭐가 문젠데? 다른 애들이 네 별명을 듣는 게 싫으냐?"

에릭은 잠시 말을 멈췄다가 그리핀을 노려보며 조용히 말했다.

"족제비."

그 순간 분노가 폭발한 코디가 라이트 훅으로 에릭의 얼굴을 강타했다. 에릭의 몸이 뒤로 비틀거렸지만 쓰러지진 않았다.

에릭은 얼굴의 고통을 참으며 말했다.

"이봐, 코디. 난 싸우고 싶지 않아."

"글쎄, 넌 선택의 여지가 없는 것 같은데?"

옆에서 그리핀이 빈정댔다.

에릭은 몸을 돌려 그곳을 벗어나려 했다. 이런 상황에서 가장 쉬운 해결책은 그냥 그곳을 떠나는 것이다.

하지만 코디가 에릭의 몸을 거칠게 잡았고, 그 순간 에릭은 정전된 것처럼 이성을 잃었다. 에릭이 코디 쪽으로 홱 몸을 돌리자, 코디는 권투선수처럼 주먹을 흔들며 이리저리 몸을 움직였다.

"붙어라!"

아이들이 외쳤다.

"붙어! 주먹을 날려!"

아이들은 싸움을 부추기며 상어 떼처럼 점점 원을 좁혀왔다.

그리고 피가 튀기 시작했다.

누가 코디에게 싸움질을 가르쳤는지 모르지만, 제대로 가르친 게 분명했다. 코디가 돈 들여 특공무술을 배운 보람이 있었다. 몇 번 소나기같이 펀치를 휘두른 후, 코디는 에릭의 머리를 잡고 비틀어대기 시작했다. 헤드락이었다. 목이 부러질 것 같은 공포를 느끼며 에릭이 넘어질 때까지 녀석은 헤드락을 풀지 않았다.

에릭은 더듬더듬 코디의 손가락을 잡고는 사력을 다해 펴기 시작했다. 숨쉬기가 힘들어지고 있었다.

그때 강한 주먹이 에릭의 얼굴로 쏟아졌다. 모두 왼손 주먹이었고, 정말 셌다.

에릭은 정신이 몽롱했다.

에릭이 일방적으로 얻어터졌기 때문에 싸움이라고 할 수 있을지는 모르겠지만, 어쨌든 이 싸움은 3분도 안 돼 끝났다.

에릭은 두 무릎과 주먹을 땅에 댄 채 헐떡이면서 입에 고인 피를 뱉어냈다.

"좋았어, 코디. 잘했어." 그리핀이 말했다.

"충분한 교훈이 됐을 거다, 짜식아." 코디가 말했다.

다른 아이들도 흥분된 목소리로 뭐라 뭐라 웅얼댔다. 야만적인 폭력이 난무한 무시무시한 쇼였기 때문에 꽤 겁먹은 것 같았다.

에릭은 어서 끝내고 싶었다. 한 가지 유감이 있다면 코디 녀석에게 주먹을 한 방도 제대로 날리지 못한 거였다. 자기 주먹이 코디의 광대뼈를 후려치는 느낌, 코디의 얼굴을 박살내는 쾌감을 단한 번이라도 느낄 수 있었다면······.

그리핀이 몸을 굽혀 땅에 꽂힌 뭔가를 뽑아 들었다. 그건 체커스의 무덤에 꽂혀 있던 미국 국기였다.

에릭은 녀석의 행동을 이해할 수 있었다. 승리의 기념품을 챙기려는 거였다.

이제 파티는 끝났다.

그때 주먹을 대고 땅에 엎드려 있는 에릭에게 누군가 다가오는 소리가 들렸다. 할렌백이었다.

"넌, 나보다 훨씬 낫다고 생각했지? 안 그래?"

분노가 가득 담긴 목소리로 할렌백이 말했다. 분노만큼이나 큰 고통이 느껴지는 소리였다.

"그렇지 않아……."

에릭은 헐떡이는 목소리로 말했다.

"이제, 네 녀석이 어떤 녀석인지 알겠지? 응? 이젠, 알겠지?"

할렌백이 소리쳤다.

그날 할렌백은 가죽구두를 신고 있었다. 늘 신는 운동화가 아니었다. '오늘은 특별한 날인가 보군.' 에릭은 추측했다. 그런데 그 가죽구두 소리가 들리는가 싶더니 갑자기 할렌백이 발로 에릭의 배를 걷어찼다.

에릭은 구겨지는 종이컵처럼 그 발길질을 고스란히 받았다. 시원한 땅 냄새가 에릭의 코에 와 닿았다. 축축한 수건으로 얼굴을 감싼 것처럼 괜찮은 느낌이었다. 에릭은 풀과 먼지, 그리고 입술에서 흘러내리는 따뜻한 피 맛을 동시에 느꼈다.

할렌백은 몇 번 더 거칠게 발길질을 해댔다. 하지만 그런 발길질에 익숙하지 않은 듯 제대로 타격을 주진 못했다. 에릭은 팔을 몸 쪽으로 바짝 끌어당기고 손으로 머리를 감싼 채 자신을 방어

했다. 소리나 비명을 지르진 않았다. 울거나 그만하라고 애원하지도 않았다. 에릭은 할렌백의 발길질을 그냥 조용히 받아냈다. 하지만 마지막 발길질은 치명적이었다. 에릭은 고통에 거의 정신을 잃고 나뒹굴고 말았다.

"됐어, 할렌백. 그만하고 가자." 코디가 소리쳤다.

그리고 녀석들이 사라지는 소리가 들렸다. 그때 에릭의 목과 입술을 통해 그 상황에는 어울리지 않는 소리가 튀어나왔다. 웃음이었다. 웃을 때마다 갈비뼈가 아프긴 했지만, 생각할수록 웃음이 나왔다.

할렌백이 패거리에 낄 방법을 찾아낸 것이다.

이제 녀석은 그리핀 패거리의 일원이 되었다.

에릭을 유인하고 걷어찬 건 그에 필요한 가입 신고식이었다.

잠시 동안 에릭은 이상한 평온을 느끼면서, 그리고 얼마나 다쳤는지 살펴보면서 그곳에 있었다. 그런 후 천천히 일어났다. 온몸이 아팠다. 특히 목이 뻣뻣했다. 다행히 얼굴은 비교적 괜찮은 것 같았다.

그때 자전거 소리가 들렸다.

'이번엔 뭐지?'

"에릭, 괜찮니?"

겁에 질린 메리의 목소리였다.

에릭은 몸을 돌려 자전거에 앉아 있는 메리를 올려다봤다. 메리의 뒤에 해가 빛나고 있었다. 햇살을 받은 메리의 형체가 희미하게 눈에 들어왔다.

"응, 물론이야. 멍든 복숭아 같지?"

에릭은 희미한 메리의 모습을 자세히 보려는 듯 눈을 가늘게 뜨고 말했다.

"뭐라고?"

메리는 몸을 굽히더니 한 손을 에릭의 어깨에 올렸다.

에릭은 머리를 흔들었다. 사실은 정말이지 할 말이 없었고, 말할 힘도 없었다.

"숨어서 다 보고 있었어."

메리는 에릭의 얼굴을 살피다가 뺨에 달라붙은 머리카락을 쓸어 넘겨주며 말했다.

"애들이 모두 떠날 때까지 기다렸지."

메리는 에릭의 팔을 당겨서 제대로 앉도록 도와줬다.

"그렇게 심하게 다치진 않았구나. 공포영화에 나오는 피해자들보단 훨씬 나아."

메리의 농담 아닌 농담에 에릭은 히죽 웃었다.

잠시 후, 에릭은 메리의 부축을 받으며 일어섰다.

"너네 집에 데려다줄게." 메리가 말했다.

둘은 에릭의 집으로 향했다.

23장
보내지 않은 편지

그후 한동안 에릭은 기타만 쳐댔다. 아무 생각도 하지 않고 기타만 치는 것은 마음을 다스리는 데는 최고였다.

아빠에게도 아주, 아주 오랜만에 편지를 한 통 썼다. 아직 부치지 않은 그 편지는 에릭의 책상에 있었다.

> 아빠,
>
> 잘 지내시죠? 에릭이에요.
>
> 우리가 롱아일랜드에서 지내고 있다는 건 잘 알고 계실 거예요. 롱아일랜드는 좋은 점도 있어요. 물론 이상한 점도 있죠. 바다가 있어 시원하지만, 학교는 조금 엉망이에요.
>
> 새로운 곳에 적응하기가 그리 쉽진 않아요. 아빠도 알고 계시죠? 친구도 사귀었지만, 지금은 걔네가 내 친구가 아니었다는 걸

깨달았어요. 그래서 모든 걸 원점에서 다시 시작하려고 해요. 한 가지, 사실 긴 이야기지만, 솔직히 말하면, 얼마 전 어떤 녀석한테 두들겨 맞았어요. 그렇지만 걱정하진 마세요. 지금은 괜찮아요. 그렇게 심하게 맞은 건 아니었어요. 정말 재수 없었죠. 그래서 지금은 그 일을 전부 잊어버리려고 노력하고 있어요. 언젠가는 다 잊히겠죠.

아빠는 어때요?

지난번 전화했을 때 말을 안 한 거, 정말 미안해요. 화내지 마세요. 왜 그런지 이유를 설명하기가 쉽지 않네요.

아빠 CD를 많이 듣고 있어요. 눈을 감고 볼륨을 크게 하고 들어요. 지미 헨드릭스 곡 중에 기타 연주가 왼쪽 귀에서 오른쪽 귀로 스테레오로 들리다가 다시 뒤에서 들리는 곡이 있어요. 내 머릿속을 마구 돌아다니는 것 같아요. 정말 멋진 곡이에요.

한번은 아빠를 생각하는데, 잠깐 동안 아빠 얼굴이 떠오르지 않는 거예요. 정말 겁이 났어요. 책상 서랍에 넣어둔 아빠 사진을 꺼내 봐야 했어요. 골프 게임에서 제가 아빠를 이긴 날 찍은 사진이죠. 그날 정말 신이 났었는데. 우리가 호숫가로 휴가 갔을 때일 거예요. 기억나세요? 전 생생히 기억해요.

엄마한테 액자를 사달라고 해서 아빠 사진을 넣어 벽에 걸어야겠어요. 아빠 생각 많이 해요. 아빠가 사준 기타를 지금도 갖고 있지만, 연주는 주로 일렉트릭 기타로 해요. 얼마 전엔 지기 스타더스트(글래록의 창시자인 데이비드 보위의 음악적 페르소나;옮긴이)의 곡들을 연주하기 시작했어요. 정말 끝내주죠. 지기의 기타 연주는 정말 멋져요. 아빠가 말한 게 맞아요. 살아가는 데 음악이 꽤 도움이 돼요.

루디도 잘 지내요. 운동을 잘하죠. 물론 제가 거의 이기지만, 가끔은 저를 이길 때도 있어요. 학교 농구부에 지원할까 생각 중이에요. 그래서 연습을 많이 하고 있어요. 주로 3점 슛 연습을 해요. 정말 농구부에 들어가고 싶어요.

아무튼, 아빠한테 인사를 하고 싶었어요. 그리고 미안해요. 아빠와 저 모두 그럴 거라고 생각해요. 아빠와 전 서로 계속 미안하다고만 하잖아요?

아빠를 그리며,
에릭이

추신: 닉슨 대통령 강아지가 이곳 롱아일랜드에 묻혀 있다는 걸 아세요? 정말 이상하지 않아요? 닉슨 대통령은 호텔을 털거나 뭐 그런 일을 한 사람 아닌가요?

자기가 쓴 편지를 읽어본 에릭은 생각했다. '정말 바보 같은 편지야. 감정이 너무 적나라하게 드러나 있잖아.' 그러곤 편지를 북북 찢어 쓰레기통에 던져버렸다. 어둡고 깊은 샘으로 떨어지는 눈처럼 편지 조각은 쓰레기통으로 날아 들어갔다.

　에릭은 다시 헤드폰을 쓰고 기타를 튕기기 시작했다.

상담선생님의 호출

헤이스 여사의 첫 반응은 충격 그 자체였다. 아들이 애완동물묘지에서 흠씬 두들겨 맞고 왔다. 이런 일은 매일 벌어지는 일이 아니다. 그래서 엄마는 큰 충격을 받았다.

엉망이 된 아들의 얼굴을 본 엄마가 그런 반응을 보인 건 당연했다. 집에 도착하기 전에 메리는 맥도날드 화장실에서 에릭의 얼굴과 손에 묻은 피를 닦아줬다. 메리는 남자화장실에 들어가면서도 전혀 주저하지 않았다. 메리는 문을 걸어 잠그고, 수건을 물에 적셔 상처를 닦아주고 다시 수건을 헹구기를 반복했다. 에릭의 눈과 뺨은 시퍼렇게 멍들었고 보기 안쓰럽게 부어올랐다. 아랫입술은 찢어졌고, 몸 구석구석이 쓰리고 뻣뻣했으며, 뼈마디도 쑤셨다. 네 시간마다 진통제 두 알을 먹고 주말 내내 휴식을 취하고 나서야 조금 회복되었다.

헤이스 여사는 수많은 질문을 던졌다. 그리고 에릭의 대답이 맘에 들지 않으면 전화기를 들고 다이얼을 돌렸다. 에릭은 사건을 축소하려 했다. 처음엔 미식축구를 하다 다쳤다고 둘러댈까 했지만, 거울 속에 비친 자기 얼굴을 본 순간 그런 변명은 통하지 않을 것임을 알았다. 그래서 사실을 조금 순화시켜 말했다. 오해 때문에 생긴 일이었다는 식으로 해명했다. 하지만 엄마는 모든 일을 아주 심각하게 받아들였다. 누가 그랬는지 이름을 대라고 했다. 또 정확한 사실을 말하라고 했다. 〈로 앤 오더〉(Law & Order. 미국의 인기 법정 드라마:옮긴이)에 나오는 집요한 형사 같았다. 심지어 "체커스 묘지? 왜 닉슨 대통령의 개가 여기 벨포트에 묻혀 있는 거지?" 하고 묻기까지 했다.

헤이스 여사는 에릭의 바람과는 달리 이런 일을 그냥 묻어둘 사람이 아니었다. 엄마는 상담선생님, 다른 선생님들, 그리고 교장 선생님에게까지 전화를 했다. 그렇게 사건을 확대시켰다. 에릭으로서는 사건의 중심에서 엄청난 관심을 받는 최악의 경우에 맞닥뜨린 셈이었다. 에릭은 처음엔 이 사건이 흐지부지되기를 바랐지만, 사건이 커지자 오히려 한편으로는 안도감을 느끼기도 했다. 학교가 이 사건을 알고 관심을 가지면 다시는 이런 일이 벌어지지 않을 거라고 생각했기 때문이다.

에릭은 할렌백의 이름은 숨겼지만 코디, 그리핀, 드루피, 윌, 신 제이의 이름은 털어놓아야 했다. 할렌백의 이름을 숨긴 것이 실수일 수도 있었다. 어쩌면 할렌백에 대해서도 뭔가 말을 해야만 했을지도 모른다. 하지만 어떤 본능에 따라 에릭은 할렌백에 대해서는 아무것도 말하지 않았다. 엄마가 퇴근해 집에 돌아올 때까지 에릭과 함께 있어주겠다고 메리가 고집부리지 않았다면, 에릭은 메리에 대해서도 전혀 말하지 않았을 것이다.

집에 돌아온 엄마가 에릭의 몰골을 보고 "오 마이 갓! 대체 무슨 일이냐?" 하고 외쳤을 때, 에릭의 첫마디는 "엄마, 얘는 메리 오말리예요"였다. 누구를 소개하기에 그리 좋은 상황은 아니었지만, 뭐 달리 할 말도 없었다. 에릭이 분명히 깨달았듯이, 세상이 늘 원하는 대로 완벽하게 돌아가는 건 아니다.

"개!"

갑자기 생각났다. 소동이 벌어지는 통에 에릭은 개 산책 아르바이트를 까맣게 잊고 있었다. 그러자 메리가 대신 해주겠다고 나섰다. 에릭은 어떻게 해야 할지 혼란스러웠다.

그때 엄마가 끼어들었다.

"아니다. 엄마가 대신 처리해주마."

"그럼, 저는 아주머니 없는 동안 에릭을 돌봐주고 있을게요."

메리는 허락을 구하는 게 아니라 당연히 그러겠다는 투로 말했다.

메리의 제안에 엄마도 맘이 놓였다.

"그래, 그게 좋겠구나. 곧 돌아오마. 냉장고에 아이스크림 있다."

166

메리와 단둘이, 그것도 매우 유감스러운 몰골로 집에 남게 되자 에릭은 어색하고 당황스러웠다. 영락없이 잭 블랙이 주연한 코미디 영화 〈스쿨 오브 락〉의 한 장면이었다. 에릭은 그 영화를 몇 번이나 봐서 "쉬니블리 선생님의 밴드에 충성을 맹세합니다"라는 대사까지 기억하고 있었다. 그래도 어쨌든 메리의 얼굴을 보고 있을 수 있어 좋았다. 그 어느 때보다도 소란스러운 세상과 떨어져 맘 편하게 있는 기분이었다.

에릭은 그 다음 월요일, 학교 가기가 정말 싫었다. 모두가 그 사건에 대해 알고 있었다. 중학교 2학년들 사이에 비밀이란 없었다. 게다가 에릭의 얼굴은 여기저기 멍이 든 복숭아 같았다. 에릭은 월요일 하루 더 집에서 쉬고 싶었지만, 엄마는 허락하지 않았다. 엄마가 하는 말이라곤 "다시 시작하고 도전해" 어쩌고저쩌고 하는 말뿐이었다. 엄마하곤 도무지 논쟁이 안 된다.

복도를 걸을 때나 교실에 앉아 있을 때나 에릭은 아이들의 엄청난 시선을 느꼈다. 아이들은 에릭의 머리카락이 온통 꿈틀거리는 뱀이라도 되는 것처럼 호기심 어린 눈으로 에릭을 훔쳐봤다. 소피 세론느가 불어시간에 말한 것처럼 에릭은 '르 프리크 뒤 주르'(Le freak du jour. 오늘의 괴물:옮긴이)였다.

에릭은 소피의 말이 농담이기를 바랐다.

점심시간 전에 플로이드 상담선생님이 에릭을 호출했다. 점심을 가지고 자기 사무실로 오라는 것이었다. 에릭은 다행이라고 생각했다. 점심시간에 그리핀 패거리와 마주쳤을 때 느낄 불편함을 피할 수 있기 때문이었다.

에릭이 사무실에 들어서자, 플로이드 선생님이 일어나 에릭을 반갑게 맞았다. 선생님은 에릭의 기분이 어떤지 묻고는 원형 테이블 앞의 의자를 가리켰다. 아주 우아하고 부드러운 태도였다.

플로이드 선생님은 노트패드와 종이가 들어 있는 서류철을 부지런히 뒤적거렸다. 그러는 동안 에릭은 샌드위치를 떼어 먹었다. 호밀빵 속에 햄과 스위스 치즈가 들어간 샌드위치였다. 나쁘지 않았다.

그때 에릭의 등 뒤로 방문을 노크하는 소리가 들렸다. 플로이드 선생님이 고개를 들고 말했다.

"와서 고맙다, 코디. 자리에 앉거라."

에릭의 심장이 뛰기 시작했다.

코디는 침울하고 불안한 표정이었다. 그는 자기 식판을 테이블 위에 놓고 플로이드 선생님과 에릭의 자리에서 똑같은 거리만큼 떨어진 자리에 앉았다. 그래서 세 사람은 완전히 삼각형을 이루며 앉게 되었다.

"너희들에겐 분명 불편한 자리일 거다. 그렇지만 너희 둘을 함께 불러 금요일 학교 수업이 끝난 후 무슨 일이 있었는지 듣고 싶었다."

플로이드 선생님은 한 손으로 턱수염을 만지면서 계속 말했다.

"내가 알기론 주먹이 날아다녔다던데 말이야……."

코디와 에릭은 서로 경계하는 눈길을 주고받았다. 아무도 먼저 입을 열지 않았다.

"학교 밖에서 벌어진 일이기 때문에 내가 처벌할 수 있는 권한은 그리 많지 않지만, 너희들이 내…… 내 레이더에 걸려들었다는 걸 깨닫기 바란다."

선생님은 에릭과 코디를 번갈아 보면서 말했다. 그러곤 코디의 얼굴을 뚫어지게 보며 물었다.

"그게 무슨 뜻인지 알겠냐?"

"저희를 항상 지켜보시겠다는 뜻 아닌가요?"

"정확히 맞았다. 그러니 더 이상 싸움은 없을 거다."

선생님은 손가락으로 책상을 치면서 말했다.

"더 이상 (탁!) 싸움은 (탁!) 없다. (탁!) 알겠냐?"

코디는 에릭을 한 번 흘끔 쳐다보더니 고개를 끄덕였다.

"에릭?"

선생님은 에릭에게도 동의를 재촉했다.

"선생님, 그건 저한테 달린 문제가 아닙니다. 처음 싸움을 시작한 건 제가 아니니까요."

에릭은 반박했다.

"싸움을 시작한 건 너야. 난 그저 싸움을 끝냈을 뿐이고."

코디가 다시 반박했다.

에릭은 허공을 보며 혼자 뭐라고 중얼거렸다.

"뭐 하고 싶은 말 있니, 에릭?"

선생님이 물었다.

"별로요."

"내 말은 지금이 기회란 거다. 너희 둘이 키스하고 서로 끌어안으라는 게 아니야."

그 말을 듣는 순간 에릭과 코디의 인상이 찌푸려졌다. 키스하고 끌어안다니…… 상상하기도 싫은 장면이었다.

"지금이야말로 안전하고 사적인 분위기에서 앙금을 털어낼 기회란 말이다."

코디가 뭔가 생각하다가 입을 열려 했지만, 먼저 말한 사람은 에릭이었다.

"코디, 너에 대해 그렇게 말한 건 유감이야. 그건 내 스타일이 아니었어. 미안하다."

그러자 코디가 침을 꿀떡 삼키더니 앞에 있는 물잔을 들고 말했다.

"그 말을 들었을 땐 정말 폭발했어. 하지만 자제하려고 했지…… 아시잖아요, 선생님. 전 사건에 휘말리는 걸 정말 싫어해요. 근데 다른 애들이 계속 절 부추겼어요. 제 얼굴에 대고 계속 '녀석을 그냥 내버려둘 거냐?'고 했어요."

"다른 애들이라고? 그리핀 코넬리를 말하는 거냐?"

선생님이 물었다.

코디는 즉각 자기 실수를 깨달았다. 그래서 서둘러 말을 바꿨다.

"그리핀은 아무 짓도 안 했어요. 모든 게 제 책임이에요. 제가 주먹을 날렸어요."

"그 주먹을 내가 다 받아냈지."

에릭은 손가락을 들어 공을 받는 시늉을 하며 말했다.

웃기는 장면이었다. 플로이드 선생님까지 방 안에 있던 세 사람 모두 낄낄거리며 웃었다.

잠시 후 선생님은 목청을 가다듬고 물었다.

"그리핀이 네가 싸우도록 부추겼단 말이지?"

코디는 에릭과 선생님을 번갈아 본 후 멍한 표정으로 말했다.

"누구도 제가 싫은 일을 시키진 못해요."

"그래, 알았다 코디. 그렇지만……."

그때 에릭이 끼어들며 말했다.

"선생님, 저흰 괜찮아요. 코디가 이번 일이 끝났다고 하면, 끝난 거예요. 저희 둘 다 실수한 것뿐이에요."

에릭이 손을 내밀자, 코디가 그 손을 잡았다.

"휴전!"

둘은 동시에 말했다.

"내 말 잘 들어라, 코디. 네 부모님께 얘기할 거다. 오늘 우리가 한 얘기를 너희 부모님께 모두 알려드릴 거야. 그리고 약속하마. 그리핀 아버지께도 말할 거다. 너희들의 행동은 선을 넘었어. 이 학교에서 그런 행동은 용서할 수 없다. 거기에 대한 책임을 져야 할 거야."

플로이드 선생님 방을 나온 에릭과 코디는 사물함으로 향했다. 5교시 수업이 거의 끝나가고 있었다. 코디가 식수대에서 멈췄을 때, 에릭도 잠시 걸음을 멈췄다. 그리고 코디에게 말했다.

"그리핀은 널 이용했어. 너도 알잖아?"

코디는 고개를 들어 에릭을 보며 말했다.

"너와 나 사이에 있었던 일은…… 공정한 대결이었어. 그건 우리만의 일이야. 난 내 싸움을 한 거라구."

"너한텐 좋은 싸움이었겠지만, 나한텐 좋은 싸움이 아니었어."

그러자 코디가 씩 웃으며 말했다.

"그래, 너한텐 그랬겠지. 음…… 들어봐, 에릭. 할렌백이 그때 한 짓은 잘못된 거야. 녀석은 찌질이야. 난 그 녀석이 널 노리고 있는 줄은 몰랐어. 그때까지는 말이야……."

"할렌백 문제라면 걱정할 거 없어. 지금 내 진짜 문제는 걔가 아니야."

코디는 아무 말 없이 서 있다가 천천히 고개를 끄덕이면서 말했다.

"네가 무슨 말 하는지 알겠다……."

그때 수업 끝종이 울리고, 아이들이 복도로 쏟아져 나왔다. 코디과 에릭은 헤어져 제 갈 길을 갔다. 긴 하루였지만 어쩐지 둘 다 기분은 조금 가벼웠다.

25장
어울리지 않는 인형들

목요일 점심시간, 에릭은 애완동물묘지 사건 이후 처음으로 할렌백을 봤다. 할렌백은 원래 에릭이 앉던 자리에서 점심을 먹고 있었다. 재미있는 모습이었지만, 어딘가 애처로워 보이기도 했다. 에릭은 '소원을 말할 때는 신중해져라. 그 소원이 이루어질 수도 있으니까'라는 말을 떠올렸다. 할렌백은 그가 원하던 대로 그리핀 패거리 속에서 한 자리를 차지했다. 하지만 한눈에 봐도 할렌백의 처지가 크게 바뀐 것 같지는 않았다. 사실 오히려 더 나빠졌다고 할 수 있었다. 할렌백은 그 자리에 어울리지 않았고, 그리핀 패거리와의 관계가 오래갈 것 같지도 않았다.

최근의 사건에도 불구하고 에릭은 그리핀 식탁에 앉아 있는 애들 중 몇 명은 여전히 좋아했다. 본성은 좋은 애들이기 때문이었다. 특히 팻과 하킴은 정말 괜찮았는데, 그 애들은 그날 애완동물묘지에도 안 나왔다. 마셜도 물론 안 나왔다. 드루피, 윌, 신제이가 나오긴 했지만, 그 애들은 그저 먼 바다에 뜬 배처럼 바람 부는 대로 흘러가는 애들이었다. 싸움은 구경할 만한 쇼이고, 또 그리핀이 재미있을 거라고 했기 때문에 그냥 구경하러 왔을 뿐이었다.

에릭은 문득 그리핀 식탁에서 자기를 바라보는 코디를 발견했다. 늘 앉던 그리핀 앞자리였고 그리핀은 등을 보이고 있었다. 그런데 뭔가 다른 분위기가 느껴졌다. 에릭은 그게 뭔지 정확히 알 수는 없지만, 뭔가 다르다고 느꼈다. 그냥 에릭의 상상일 수도 있었다. 코디는 몸은 그리핀 식탁에 있지만 마음은 다른 곳에 있는 것처럼 보였다.

"앉아도 되니? 여기, 너만의 비밀 자리는 아니지?"

메리였다.

"물론이지. 앉아."

에릭은 식탁을 치우며 말했다.

"고마워."

에릭 앞자리에 앉은 메리는 바나나를 꺼내 껍질을 벗긴 후 쪼개 한 쪽을 에릭에게 건넸다.

"왜 네 자리에 안 앉는데?"

"걔네들한테 아웃됐어. 그래도 상관없어. 나도 걔네들을 아웃시켰거든."

오물오물 바나나를 먹으며 메리가 답했다.

"샨텔 일은 다 끝난 거니?"

"응. 그래서 알렉시스랑 크리시한테 배신자로 찍혔어."

"우리 둘 다 같은 신세구나."

"그래, 우린 동족이야."

메리는 자기 가슴을 가볍게 친 후 평화의 사인을 보내며 말했다.

"에릭, 우린 '어울리지 않는 인형들의 섬'(Island of Misfit Toys. 미국의 만화영화:옮긴이)에 온 셈이야. 이 식탁에 어울리지 않는 인형들을 위한 새로운 나라를 세우자. 널 보안책임자로 임명할게."

아직 얼굴에 남아 있는 멍 자국을 의식한 에릭은 멋쩍은 듯 말했다.

"글쎄, 그랬다간 후회할지도 모르는데?"

"음, 다시 생각해보니 네 말이 맞는 것 같다. 너, 그거 다 먹을 거니?"

메리는 에릭의 샌드위치 한 쪽을 가져가더니 한입 베어 물었다.

"음…… 그런데 메리, 너한테 얘기했나? 우리 엄마가 마침내 항복하고 휴대폰을 사줬어."

"진짜? 좀 보여줘."

"두들겨 맞은 대가로 받은 깜짝 선물이야. 엄마는 휴대폰이 있으면 더 안전할 거라고 했어."

"물론이지. 휴대폰이 있으면 그걸로 녀석들 머리를 후려칠 수도 있잖아."

에릭은 아이들 몇몇이 자기와 메리를 흘끔 훔쳐보며 속닥거리는 걸 발견했다.

"메리, 애들이 우리 얘기를 하고 있어. 함께 앉아 있는 게 이상한가 보지?"

"내버려둬. 애들이 뭐라고 하든 관심 없어. 신물 나."

메리는 조소하듯 말했다.

"정말?"

"물론이지. 알렉시스 같은 애들이 날 어떻게 생각하든 이젠 걱정 안 해."

"와우, 메리. 언제부터 그렇게 똑똑해졌니?"

"글쎄."

메리는 어깨를 으쓱하면서 말했다.

"네 점심이 더 맛있다."

메리는 에릭의 크림쿠키 한 쪽을 떼어내 입에 넣었다. 그러곤 다시 진지한 표정으로 대답했다.

"스코필드 선생님이 그랬어. 누가 나에 대해 험담해도 신경 쓰지 말라고…… 그런 험담은 내가 아니라 험담하는 바로 그 사람이 문제 있다는 걸 말해주는 거라고 말이야."

"괜찮은 말인데?"

"나도 그렇게 생각해."

그때 급식도우미 로젠 아줌마가 에릭과 메리의 식탁을 찾아와 반갑게 인사했다.

메리는 웃으며 말했다.

"로젠 아줌마, 우린 새 나라를 시작하려고 해요. 아줌마도 망명 신청을 해주실래요?"

"그래, 보자꾸나. 근데 에릭. 너, 아직도 개 산책 아르바이트 하니?"

에릭이 그렇다고 하자, 로젠 아줌마는 킹 찰스 스패니얼 종의 새 강아지 애니에 대해 이것저것 시시콜콜 설명했다.

"그렇게 귀여운 개는 본 적이 없을 거다. 다 커도 몸무게가 7킬로그램밖에 안 될 거라더구나."

로젠 아줌마는 아픈 친척을 돌봐주러 며칠 플로리다에 가야 한다면서 에릭에게 애니를 돌봐달라고 했다.

"정말 믿을 사람이 필요하다, 에릭. 애니를 애완동물보호소 같은 곳에 맡길 순 없어."

"그럴게요, 아줌마. 그런데 보통 그런 일은 그리핀한테 맡기시지 않았나요?"

그러자 로젠 아줌마는 아니라고 머리를 흔들며 말했다.

"내가 나이가 들었는지는 몰라도, 장님은 아니란다. 그렇게만 알아두렴."

에릭은 주말 전에 로젠 아줌마 댁에 들러 예비 열쇠를 받기로 했다.

로젠 여사가 떠나고 나서, 에릭은 건너편 식탁에 있는 그리핀이 몸을 돌린 채 자기를 노려보고 있는 걸 발견했다. 모두들 식당 밖으로 나와서야 에릭은 그 이유를 알았다.

에릭이 농구장에 가서 슛 연습을 하고 있는데, 그리핀이 다가와 물었다.

"로젠 아줌마하고 무슨 얘길 한 거냐?"

"그건 왜 물어보는데?"

"넌 나한테 빚이 있어. 너 때문에 곤경에 빠질 뻔했단 말이야."

"뭐라고?"

"너랑 너네 엄마가 고자질하는 바람에 해명을 해야 했다구."

에릭은 슛에 신경 쓰면서 그리핀을 무시하려 했다.

그리핀은 눈가에 흘러내린 머리카락을 입으로 훅 불어 넘기며 말했다.

"도대체 뭐라고 고자질한 거냐?"

"알고 싶다면 말해주지. 네가 내 몸에 손댄 적은 절대 없다고 했다."

"그래도, 내 보관담이 엄청 화낼 거다."

"너의 뭐라고?"

"보관담 말이야. 보관담 모르냐? 보호관찰담당관."

"전에도 문제를 일으킨 적 있구나?"

그리핀은 에릭의 질문을 외면하고 얼굴로 흘러내린 머리를 쓸어

올리며 말했다.

"로젠 아줌마가 널 고용했지, 그렇지?"

에릭도 그리핀의 질문을 무시하면서 골대를 향해 슛을 날렸다. 공이 골대를 맞고 튕겨 나오자, 팻이 달려들어 리바운드한 다음 공을 다시 에릭에게 패스했다. 호의적인 태도였다. 에릭은 다시 한 번 슛을 했다. 쉭. 공이 시원한 소리를 내며 링 안으로 빨려 들어갔다. 에릭은 공이 링 그물망을 스치며 골인되는 소리를 좋아했다.

"그리핀, 나한테 너무 가까이 오지 않는 게 좋아. 불에 타버릴 수 있어. 난 지금 불이 붙었거든."

"어떻게든 알아낼 거야, 에릭. 이런 거 아냐? 로젠 아줌마는 새 강아지를 구했어. 그리고 여행을 갈 거야. 안 그래? 말하는 게 좋아. 시간을 아끼자구."

그때 메리가 나타나 에릭 옆에 서서 말했다.

"에릭, 가자. 여기선 이상한 냄새가 나."

"와우, 이게 누구야. 에릭이 네 새 남자친구냐?"

그리핀이 비꼬듯 말하자, 메리는 얼굴을 찌푸렸다.

"그리핀, 너 정말 바보구나. 네가 바보란 걸 알고는 있는 거니?"

"입 닥쳐!"

"정말 천재구나, 그리핀. 그런 말을 외우는 데 하룻밤밖에 안 걸렸지?"

메리와 그리핀 사이에 날카로운 시선이 오고 갔다. 둘 사이에 무슨 끔찍한 일이 있었던 게 분명했다. 분위기가 더 험악해지기 전에 실랑이를 끝내야 했다.

"좋아, 그리핀. 말해주지. 내가 로젠 아줌마 강아지를 돌봐주기로 했어. 로젠 아줌마는 더 이상 널 믿지 않는 것 같아. 그러니까 딴 데 가서 일자리를 찾아봐."

에릭의 말을 들은 그리핀은 굳은 얼굴로 말했다.

"두고 보자, 에릭."

"하나도 겁 안 나."

약간 겁나긴 했지만, 에릭은 아닌 척 대답했다.

그리핀은 팔짱을 낀 채 씨익 웃으며 부드러운 목소리로 말했다.

"어쨌든 이 문제로 다시 보게 될 거다, 에릭."

그러곤 몸을 돌려 농구장을 떠났다.

메리와 에릭은 그리핀이 또 무슨 일을 꾸밀지 걱정하며 사라지는 그의 뒷모습을 지켜봤다.

26장

사라진 자전거

에릭은 자전거를 세워둔 거치대를 보고 놀랐다. 자전거 열쇠체인이 반쯤 잘려 있었고 그의 자전거는 보이지 않았다. "젠장!" 이말은 원래 아빠가 쓰던 말이었다. 그런데 오래전 뿌려진 씨가 갑자기 꽃을 피우듯 이 말이 자기도 모르는 사이에 에릭 마음속에 심겨 있다가 갑자기 튀어나왔다. 그렇게 아빠는 항상 에릭의 마음속에 있었다. 서로 수천 킬로미터나 떨어져 있는 지금도 마찬가지였다.

에릭은 누가 장난으로 그랬길 바라면서 자전거를 찾기 시작했다. 나무 뒤와 도랑까지 뒤져봤다.

그렇지만 그런 행운은 없었다.

"무슨 문제 있니?"

에릭이 몸을 돌려 보니 학교보안관 골즈워디 씨가 서 있었다. 그의 공식 직함은 학교보안관이지만 아이들은 그를 '스쿨 캅'이라

고 불렀다. 그는 와이셔츠에 넥타이 차림이었지만, 정식 경찰 복
장은 아니었다. 기술적으로 말하면 그는 가끔씩 학교에 와서 일
하는 경찰인데, 사실 이게 정확히 무슨 직업인지는 헷갈렸다.

"음…… 네, 좀 문제가 있어요."

에릭은 잘려나간 열쇠체인을 들어 보였다.

"누가 그랬는지 짐작 가는 애 없니?"

"한 명 있긴 해요."

골즈워디 씨는 에릭을 응시하며 다음 말을 기다렸다. 그의 침묵
과 표정은 '그게 누군데?' 하고 묻고 있었다.

"아마 그리핀 코넬리인 것 같아요."

"걔가 그러는 걸 누가 봤니?"

"그건 아니에요."

"너네 둘이 어울리는 걸 봤는데, 친구 아니었냐?"

에릭은 당당한 체격의 골즈워디 씨를 올려다봤다. 상대 팀을 공
포에 몰아넣는 미식축구선수 같았다.

"전에는 그랬는지 모르죠."

"걔가 널 물먹이려고 저지른 짓인 모양이구나."

"네, 그런 것 같아요."

"그런 애들은 몰래 사람들을 물먹일 수 있지. 그렇지만 사람들
은 곧 그 사실을 알아챈단다."

골즈워디 씨는 잠시 생각하다 손을 내밀며 말했다.

"우리가 전에 만난 적 없지? 난 빌 골즈워디란다. 넌 에릭 헤이스지?"

"어떻게 제 이름을 아셨어요?"

"난 이 학교 애들 이름을 전부 외우고 있단다. 그게 내 일이지."

"아저씨에 대해 들은 적 있어요. 저는 메리 오말리의 친구예요."

골즈워디 씨는 고개를 끄덕이며 말했다.

"올해 메리를 알게 됐단다. 아주 좋은 아이지. 내 생각에 그 애는 뭔가를 바꾸려고 노력 중이야."

대화는 다시 잃어버린 자전거로 돌아왔다. 에릭은 자전거 분실신고서를 작성해야 했다.

"아침엔 청소년법원에 있으니까, 12시 이후에 학교 사무실로 오려무나. 분실신고서 작성하는 걸 도와주마. 그리고 관할 경찰서에도 전화해서 알아보마."

"찾을 가능성이 있을까요?"

골즈워디 씨는 어깨를 으쓱하며 대답했다.

"그런 일이 가끔은 있단다. 하지만 솔직히 말하면, 그렇게 많은 편은 아니지. 자전거를 훔쳐가는 애들은 자전거 칠을 벗기고 제품번호를 지운 다음 새로 페인트를 칠해서 팔아버린단다. 그래서 찾기가 쉽지 않지. 그렇지만, 이번 사건은 그런 종류가 아닌 것 같구나."

"그게 무슨 뜻이에요?"

"이번 경우는 전문 도둑의 소행이 아닌 것 같다는 말이다. 내가 아는 한, 지금 없어진 건 네 자전거 한 대뿐이잖니? 더구나 네 말대로 특별할 게 없는 낡은 자전거고. 게다가 넌 누가 가졌는지까지 짐작하고 있잖아?"

그때 한 무리의 아이들이 학교 본관을 빠져 나왔다. 학년앨범(학년앨범은 우리나라의 졸업앨범과 비슷한데, 각 학년마다 만들어진다는 점에서 다르다:옮긴이) 제작위원회 소속 아이들이거나 문학반 아이들인 듯했다. 대부분 여자애들이었고, 모두들 본관 앞에 모여 휴대폰으로 통화하면서 부모님이 데리러 오길 기다리고 있었다.

에릭은 자기가 학교보안관과 얘기하는 모습을 그 애들이 보고 있다는 걸 알았다.

에릭은 그만 자리를 뜨기로 했다.

"이제 그만 가봐야겠어요."

"집까지 태워다 줄까?"

"아녜요. 별로 멀지 않아요. 걸어갈 수 있어요. 감사합니다."

골즈워디 씨는 큰 가슴 위로 팔짱을 낀 채 고개를 끄덕이며 말했다.

"잘 들어라, 에릭. 잘 알아들을 테니 간단히 말하마. 요즘 우리 동네에서 절도 사건이 몇 번 있었단다. 뭐 그리 대단한 것들은 아니야. 주차된 차에서 잡동사니를 훔쳐가는 정도지. 그에 관해 혹시 뭐 아는 것 없니?"

"왜 제가 알아야 하죠? 전 방금 자전거를 도둑맞았다구요."

"진정해라, 에릭. 그런 짓을 한 사람을 곧 잡아내겠다는 말을 하려는 거란다. 우린 항상 잡아내. 항상 눈을 뜨고 다녀라, 알겠니? 그리고 뭐라도 들으면 나한테 알려다오."

에릭과 골즈워디 씨는 아무 말 않고 서로를 바라봤다. 에릭은 그리핀 코넬리를 생각하고 있었고, 골즈워디 씨는 뭔가 생각 중인 에릭을 보고 있었다.

에릭은 잃어버린 루디의 27달러와 아빠 CD, 그리고 그리핀의 방에서 봤던 이상한 물건이 가득 담긴 나무상자를 떠올렸다. 그 때 그리핀은 그 상자에 든 물건들을 '기념품'이라고 했다.

한 가지 어렴풋한 생각이 에릭의 머릿속에 떠올랐다.

그것은 어떤 계획이었다.

허위 신고

밤새 침대에 누워 천장을 바라보며 생각한 끝에, 다음날 아침 에릭은 확실히 결심하고 자리에서 일어났다. 결심은 '절대 안 된다'는 거였다. 너무 위험하기 때문에 에릭은 그 계획을 실천에 옮길 수 없었다.

하지만 학교에서 결심을 바꿀 수밖에 없는 일이 벌어졌다.

그리핀 코넬리의 문제는 저절로 사라질 문제가 아니었다. 에릭이 뭔가 행동에 옮기지 않는 한 계속될 수밖에 없는 문제였다. 자전거를 잃어버린 게 분명한 증거였다. 학교에서 에릭은 자기 등에 화살 과녁이 그려진 기분이 들었다. 아이들이 자기를 대하는 방식, 거리를 두고 자기를 바라보는 모습에서 그걸 느낄 수 있었다. 에릭은 부풀어 오르는 타이어처럼 점점 커지는 압력을 느꼈다. 뒤로 물러나 그냥 있을 수만은 없었다. 뭐든 행동에 나서야 했다.

마지막에서 두 번째 수업인 사회시간에 모리스 교장선생님이 교실로 찾아와 에릭을 복도로 불렀다. 불길하게도 교장선생님은 에릭에게 책을 들고 나오라고 했다. 모두가 에릭이 책을 챙겨 들고 나가는 모습을 지켜봤다. 처음엔 에릭도 당황했지만 곧 '내 자전거에 관한 일이 분명해'라고 생각했다.

하지만 아니었다. 복도에는 모리스 교장선생님과 학교관리인인 라이언 여사가 굳은 표정으로 서 있었다.

모리스 선생님이 먼저 입을 열었다.

"에릭, 오늘 우리가 꼭 확인해야 할 어떤 정보를 받았단다. 그래서 네 사물함을 좀 봐야겠구나."

"제 사물함을요? 도대체 왜……."

"알다시피, 사물함은 학교 재산이란다. 지금 함께 가볼까?"

"네, 물론이죠."

복도를 지나 계단을 내려가는 동안 아무도 입을 열지 않았다. 라이언 여사의 또각거리는 구두 소리만 복도에 메아리쳤다. 그렇게 걷다가 에릭은 마침내 용기를 내 물었다.

"제 사물함에 뭐가 있다고 생각하시는 건데요?"

그러자 모리스 선생님이 엄청난 이야기를 했다.

"한 애가 와서 네가 칼을 갖고 있다고 보고했단다. 우린 그 애의 말을 매우 심각하게 여기고 있다."

에릭은 충격을 받았다.

"칼이라구요? 전 절대 가져온 적 없어요."

에릭은 걸음을 멈추고 물었다.

"누가 그런 얘기를 했는데요?"

"제발, 에릭. 먼저 네 사물함부터 확인해보자꾸나."

복도에는 세 사람 말고 아무도 없었다. 라이언 여사는 에릭의 사물함을 꼼꼼히 수색했다. 여러 잡동사니들이 나왔지만, 어떤 흉기도 발견되지 않았다. 라이언 여사는 에릭의 가방을 꺼내 모리스 선생님에게 건넸다. 모리스 선생님은 지퍼란 지퍼는 모두 열어보기 시작했다.

바로 그때, 복도 모퉁이에서 메리가 나타났다.

"에릭, 무슨 일이니?"

"메리, 이건 개인적인 문제란다. 교실로 돌아가거라."

라이언 여사가 단호한 목소리로 말했다.

메리는 걱정스런 표정으로 에릭을 보며 말했다.

"그렇지만……."

"메리, 난 괜찮아. 그냥 오해일 거야."

메리는 여전히 불안한 표정으로 고개를 끄덕인 후 모퉁이를 돌아 사라졌다.

개인 사물함을 다 보고 밖으로 나온 세 사람은 체육관에 있는 남학생 탈의실로 향했다. 그곳에도 사물함이 있었다. 남학생 탈의실 밖에는 골즈워디 씨가 기다리고 있었다. 에릭은 라이언 여사와 모리스 선생님이 남학생 탈의실로 들어갈 생각이 없다는 걸 알고 다소 안심했다.

골즈워디 씨는 에릭에게 부드럽게 인사했다.

"안녕, 에릭."

그날 골즈워디 씨는 제복을 입고 있었다. 법정에서 바로 학교로 호출된 것 같았다.

한층 안심이 된 에릭은 "제 사물함, 엉망이죠?" 하고 변명조로 말했다.

"체육관 사물함을 열어줄래?"

에릭의 체육관 사물함에서 발견된 유일한 흉기라곤 한 짝의 낡은 양말뿐이었다. 그것도 흉기는 흉기였다. 그 엄청난 발냄새로 사람을 기절시킬 수 있을 테니 말이다.

모욕적이었지만 마지막으로 에릭은 자기 주머니까지 모두 비워야 했다.

두 사람은 다시 모리스 선생님과 라이언 여사가 기다리는 복도로 돌아갔다. 골즈워디 씨는 고개를 끄덕이며 말했다.

"허위 신고네요."

모리스 선생님도 고개를 끄덕이더니 에릭을 보고 웃으며 사과했다.

"미안하구나, 에릭. 어쩔 수 없었단다. 흉기가 있다는 보고에는 심각하게 대응할 수밖에 없단다."

에릭은 충분히 이해했지만, 이해한다는 말은 하지 않았다. 대신 입을 굳게 다물고 무표정하게 서 있다가 선생님에게 물었다.

"이제, 누가 그런 보고를 했는지 말씀해주시겠어요?"

라이언 여사와 서로 눈길을 주고받은 후 모리스 선생님은 단호한 목소리로 말했다.

"안 된다. 그건 비밀이야. 이름을 밝히면, 학생들이 보고를 안할 게 분명하니까 말이야."

"허위 보고한 애한테는 책임을 안 물으실 건가요? 걔가 거짓말을 해서 저는 범죄자 취급을 받아야 했어요. 이건 옳지 않아요."

에릭은 침착하게 말하려 했지만, 분노를 숨길 수 없었다.

그때 몇 명의 학생들이 복도로 모여들었다. 라이언 여사가 시계를 보며 말했다.

"7교시 수업이 곧 시작하겠는걸."

모리스 선생님이 유감이라는 표정으로 에릭을 보며 말했다.

"좋아, 에릭. 가도 좋다. 그리고 이해해주길 바란다. 우리도 이런 일을 좋아하는 건 아니란다."

"네, 저도 별로예요."

에릭은 투덜거리며 복도를 걸어갔다. 스코필드 선생님의 영어수업이 남아 있었고, 그 수업을 마쳐야 집에 갈 수 있었다.

사회시간에 에릭이 나가는 모습을 본 몇몇 아이들, 특히 팻이무슨 일이 있었냐고 꼬치꼬치 물었다. 하지만 에릭은 얘기할 기분이 아니었다. 그래서 친척이 아프다는 연락을 받았다고 둘러댔다.

에릭은 영어수업에 제대로 집중할 수 없었다. '대체 누구일까?' 정말 궁금했다. 쉽게 그리핀 코넬리라고 추측할 수도 있었다. 하지만 그리핀이 직접 허위 보고를 한 건 아닐 거다. 그건 그리핀 스타일이 아니다. 대신 누군가를 시켜 허위 보고를 하게 했겠지. 에릭은 아이들의 장난질, 할렌백, 코디, 그리고 잃어버린 자전거를 떠올렸다. 치가 떨렸다. 그리핀이 그랬다면, 과연 왜 그랬을까? 그저 에릭을 놀려주려고?

"에릭?"

어떤 목소리가 들렸다. 하지만 에릭은 생각에서 빠져나오지 못했다. 그러자 목소리가 더 커졌다.

"헤이스 군!"

"네?"

"다시 지구로 돌아와주겠나?"

스코필드 선생님이었다.

"책을 들고 116쪽을 펴라."

당황한 에릭은 교실을 둘러봤다. 모두가 책을 펴고 있었다.

"아, 죄송합니다, 선생님."

에릭은 서둘러 책을 펼쳤다. 책을 펼쳐놓긴 했지만 그의 생각은 다른 곳을 떠돌고 있었다.

메리의 고백

에릭이 마지막 남은 네 개의 계단을 뛰어 내려갈 때 메리가 뒤따라왔다. 학교 앞에는 스쿨버스들이 길게 늘어서 있었다.

"오늘 버스 탈 거니?" 메리가 물었다.

"자전거를 잃어버려서…… 그리고 내 차를 직접 몰긴 너무 어리잖아? 뭐 좋은 생각 있니?"

"걸어가자. 너한테 얘기할 것도 있어."

"좋아."

에릭은 메리와 함께 걸어서 집에 가는 새로운 경험에 은근히 맘이 들떴다.

둘은 학생들 틈을 헤집고 걷기 시작했다. 한두 블록 간 후에야 더 이상 아이들이 보이지 않았다.

"이쪽이야."

메리가 나무 울타리로 둘러싸인 작은 공원을 가리켰다. 좁은 잔디밭과 세 개의 돌벤치밖에 없었지만, 주변에 끝없이 늘어선 깔끔한 집들에서 떨어진 편안하고 아늑한 공간이었다.

"좋은데? 난 이런 데가 있는 줄도 몰랐어."

"그리핀이 말보로맨 시절에 담배 피우러 왔던 곳이야."

과거의 끔찍한 경험이 떠오른 듯 인상을 잔뜩 찌푸리며 메리가 말했다.

에릭은 생각했다. 항상 따라다니는 이름, 그리핀. 에릭은 메리와 연관된 일로 그리핀이란 이름을 듣기 싫었다. 물론 에릭은 메리와 그리핀이 친구였다는 사실을 알고 있었다. 그리고 둘이 헤어진 지금이 그때보다는 훨씬 낫다고 할 수 있었다. 에릭이 메리를 처음 본 건 8월의 더운 여름날 그리핀과 함께 농구장에 나타났을 때였다. 지금은 벌써 가을이 되어 낙엽이 떨어지고 날씨도 추워졌다. '메리와 그리핀'. 둘이 사귄 적이 있었다는 걸 무시하고 싶었지만, 그건 어쩔 수 없는 사실이었다.

벤치에 앉은 뒤 메리는 에릭의 무릎에 손을 올려놓은 채 주저하며 말했다.

"말할 게 있어."

메리는 마음이 복잡한 듯 보였다.

"뭔데? 주저하지 말고 그냥 말해버려."

"코디에 대해 알고 있었어."

"코디라고? 무슨 말이야?"

"사실 난 그날 애완동물묘지에서 걔들이 너한테 어떤 짓을 할지 알고 있었어. 알고 있었지만, 너한테 아무 말도 안 했어."

새장을 탈출해 푸드덕거리며 하늘을 향해 날아오르는 비둘기처럼 메리의 입에서 고백이 흘러나오고 있었다.

"난……."

에릭은 땅으로 시선을 돌렸다가 다시 고개를 들어 메리를 봤다. 메리는 눈물을 글썽이고 있었다. 눈물 한 방울이 그녀의 뺨 위로 흘러내렸다. 에릭은 메리의 뺨으로 손을 뻗었다.

"괜찮아. 그냥 듣기만 해, 알겠니?"

메리가 말했다. 에릭은 고개를 끄덕였다.

"난 무서웠어…… 그리고 정말, 정말 미안해."

에릭은 뭐라고 말해야 할지 몰랐다. 배에 한 방 주먹을 맞은 것처럼 배신감이 몰려왔다.

"그게 나쁜 일이란 걸 알았어. 걔네들이 얘기하는 걸 들었거든. 그렇지만 정말 겁나서…… 걔네들한테 맞서지 못했어. 최소한 너한테 경고라도 했어야 했는데……."

에릭은 메리 쪽으로 몸을 굽히고 조용히 말했다.

"괜찮아."

메리는 깊은 한숨을 내쉬고 목청을 가다듬었다. 그러곤 에릭을 향해 수줍은 미소를 보냈다. 전에 본 것과는 다른 미소였다. 에릭은 메리의 새로운 미소를 손가락으로도 느낄 수 있었다.

"네가 쓰러지고, 그 바보 같은 할렌백이 너한테 발길질하는 걸 봤을 때……."

메리는 목이 멘 듯 잠시 말을 멈췄다가 다시 입을 열었다.

"다신 바보 같은 짓을 하지 않겠다고 맹세했어."

"메리, 네가 어떤 짓을 한 건 아니야. 나한테 주먹질을 하거나 발길질을 한 것도 아니잖아? 나쁜 짓을 한 건 그 애들이지 네가 아니야."

"아니야."

메리는 강하게 머리를 흔들었다.

"아니야, 에릭. 걔네들을 막지도 못하고 너한테 경고도 안 한 건 바보 같은 짓이었어. 걔네들한테 질렸어. 걔네들처럼 되고 싶지 않아."

둘은 집에 갈 시간이 될 때까지 그곳에 함께 있었다.

메리 집 앞에 도착한 에릭은 헤어지기 싫다는 듯 메리의 손을 잡았다. 그렇게 둘은 잠시 말없이 손을 잡고 있었다. 그러다 메리가 먼저 손을 빼면서 말했다.

"또 만나. 고마웠어."

에릭은 메리가 정원을 지나 현관으로 가는 모습을 지켜봤다. 문득 메리가 걸음을 멈추더니 뒤돌아서며 말했다.

"넌 정말 다정한 애야. 아니?"

그러곤 다시 몸을 돌려 집으로 들어갔다.

에릭은 그 자리에 서서 메리의 등 뒤로 빨간색 현관문이 닫히는 모습을 지켜봤다. 한 줄기 바람이 정원의 낙엽을 휩쓸고 지나갔다.

그때 갑자기 한 가지 생각이 떠올랐다.

'오 마이 갓! 로젠 아줌마! 열쇠를 받으러 가기로 했었잖아!!!'

에릭은 거리로 내려와 달리기 시작했다. 발이 땅에 닿지 않을 정도로 달려야 했다.

결정적 협박

에릭은 자기가 작은 개를 좋아한다고는 생각해본 적이 없었다. 그는 깽깽거리는 개보다 멍멍거리는 개를 좋아했고, 발에 걸리는 개보다 함께 레슬링을 할 수 있는 개를 좋아했다. 하지만 갈색과 흰색 털을 골고루 가진 킹 제임스 스패니얼 종의 애니를 본 순간 에릭은 '정말 귀엽다'고 인정할 수밖에 없었다.

로젠 아줌마는 항상 걱정하고 불안해하면서 감시용 헬리콥터처럼 애니 곁을 맴돌았다. 로젠 아줌마는 비상 전화번호를 포함해 모든 지시사항을 적은 두 쪽짜리 메모를 내밀었다. 에릭은 열심히 돌봐주겠다고 약속한 후, 예비 열쇠를 주머니에 넣고 로젠 아줌마 집을 나왔다.

그런데 에릭이 멀리 가기도 전에 귀에 익은 목소리가 들렸다.

"에리-익!"

그리핀이었다. 그는 스케이트보드를 타고 에릭에게 다가왔다.

"헤이, 친구. 언제 올지 궁금했다."

"내가 여기 올지 어떻게 알았는데?"

"그걸 말해주면 내 비밀을 말해주는 거지. 안 그래?"

그리핀은 대충 얼버무리며 말했다.

에릭은 녀석의 얼굴에 한 방 날리고 싶은 강렬한 충동을 억제했다. 사실 제대로 주먹을 날릴 수 있을 것 같지 않았고, 역으로 그리핀의 강력한 반격을 받을 수도 있기 때문이었다. 또 '폭력은 해결책이 아니다'라는 플로이드 선생님의 말도 생각났다. 그래, 폭력은 해결책이 아니다. 그래서 에릭은 주먹을 날리는 대신 그리핀에게 물었다.

"네가 내 자전거를 훔쳤냐?"

"뭔 소리를 하는 거야?"

그리핀은 에릭의 눈을 빤히 쳐다보면서 되물었다. 눈썹 하나 까딱하지 않았다. 그리핀은 거짓말을 해도 아주 뻔뻔하게 할 녀석이었다(에릭은 그렇게 느꼈다). 천성적으로 그리핀은 에릭이 뭘 생각하고 느끼든 간에 신경 쓰지 않는 것 같았다. 그리핀의 마음 한가운데는 큰 구멍이 있었다. 인간에 대한 동정심이나 연민은 없었다. 그리핀은 그게 뭐든 간에 별 느낌이 없는 애였다. 차갑고 딱딱한 벽돌 같은 애였다. 그런 성격은 양아치처럼 굴거나 길길이 날뛰는 성격보다 훨씬 나쁜 성격이었다. 그래서 에릭은 그리핀이 상당히 겁나는 녀석이라고 생각했다. 녀석은 끔찍한 상처를 입은, 문제가 많은 심장을 갖고 있었다.

"오늘 사물함 검사를 받았어." 에릭이 말했다.

"왜 그런 얼굴로 보냐? 그런 얼굴을 한다고 내가 겁먹을 것 같냐? 날 한 대 치고 싶은 모양이군. 칠 테면 쳐봐. 네 아빠라고 생각하고 말이야. 한 방은 그냥 맞아줄 테니까."

그리핀이 빈정댔다.

"난 아빠를 미워하지 않아."

"물론, 그렇겠지."

"넌 이해 못할 거야."

에릭은 어깨에 힘을 빼고 주먹을 폈다. 그리고 몸에서 긴장을 털어내려 애쓰면서 걷기 시작했다. 두 블록만 가면 집이다.

"너하고 얘기하고 싶지 않아, 그리핀."

"오, 에릭. 너, 뭔가 잘못 생각하고 있는 것 같다."

그리핀은 스케이트보드를 타고 에릭 앞으로 쑥 미끄러져 나왔다. 그러곤 스케이트보드에서 내리더니 보드 뒷부분을 발로 차 튀어 오른 보드를 손으로 잡아챘다. 멋진 솜씨였다.

"그래서…… 한 가지 제안을 하지."

"관심 없어."

그러자 그리핀은 풀하우스를 든 카드 도박사처럼 씩 웃었다. 그는 손으로 가슴을 문지르며 말했다.

"그건 그렇고, 사물함 검사 어땠냐? 뭐라도 걸렸냐?"

에릭은 그리핀의 말을 무시하고 계속 걸었다.

"걸린 게 없겠지. 그랬다면 넌 끝장났을 테니까. 약이나 무기가 발견되면 퇴학이라는 말을 들었거든. 퇴학은 정말 창피한 일이지. 난 널 잃고 싶지 않아, 에릭."

"그럼 네가 한 일은? 할렌백을 시켜서 허위 보고한 거 말이야. 그것도 퇴학감 아닌가?"

"할렌백은 날 졸졸 따라다니는 강아지 같은 놈이야. 내가 뛰어내리라면 다리에서도 뛰어내릴걸?"

"언젠간 할렌백도 네 정체를 알게 될 거야. 얼마 안 있으면 네 주변에 친구가 한 명도 안 남아 있을 거다."

그리핀은 관심 없다는 듯 코웃음을 쳤지만, 에릭의 말에 평정심을 잃은 게 분명했다. 그는 위협조로 거칠게 말했다.

"사물함 관리 잘해라. 다음엔 훨씬 안 좋은 일이 벌어질 수도 있으니까. 30, 12, 26. 이 번호가 뭔지 알겠냐?"

그건 에릭의 사물함 비밀번호였다.

"너, 어떻게 내 번호를……."

"나한텐 친구들이 많거든."

그리핀이 내뱉듯 말했다.

에릭은 사물함 앞에서 할렌백을 만난 날 몹시 서둘렀던 기억이 떠올랐다. 할렌백이 보는 앞에서 사물함을 열고 닫았었다. 그때 할렌백이 비밀번호를 알아내 그리핀에게 알려준 것일까?

"맘만 먹으면 뭐든 네 사물함에 쉽게 집어넣을 수 있어. 잘 알겠지?"

"대체…… 뭐가 문제야? 넌 왜 사람들을 그냥 내버려두지 않는 건데? 그것밖에 할 일이 없을 정도로 네 인생이 그렇게 비참한 거야? 그래서 그런 일로 시간을 보낼 수밖에 없는 거야? 넌 쓰레기야. 알아? 완전 쓰레기."

그리핀은 씩 웃으며 모욕을 받아넘겼다.

"오, 에릭. 내 맘에 꽤 상처가 되겠는걸. 어쨌든 내 제안은 이거야. 네가 날 위해 일을 하나 해주면…… 사소한 일이지. 그 일을 해주면, 약속하지. 다신 널 괴롭히지 않겠다고."

물론 에릭은 그리핀을 믿지 않았다. 하지만 그 일이 뭔지는 궁금했다.

"무슨 일인데?"

"기념품 하나."

"뭐라고?"

"로젠 아줌마 집에서…… 거기 가본 적이 있어서 아는데, 아줌마 남편이 엄청나게 많은 동전을 수집해놨거든. 서재에 말이지. 거기서 옛날 은화 몇 개를 슬쩍해봤자 그 사람들은 전혀 눈치 못 챌 거야."

"지금 무슨 말 하는 거야?"

"넌 예비 열쇠가 있잖아. 그러니 식은 죽 먹기지."

그리핀은 갑자기 다정한 미소를 보내며 에릭의 결심을 재촉했다.

"그거 몇 개만 나한테 갖다줘. 아무 문제 없을 거야. 내가 널 괴롭히지 않는 대가로 생각해. 뭐가 문제야? 그럴 배짱이 없는 거냐?"

"이런! 내가 널 위해 도둑질하는 일은 결코 없을 거다."

"또 날 실망시키는구나. 농구장에서 처음 본 이후로 넌 항상 그랬어. 그때 내기 골 실패한 거 기억나냐? 너, 그때 똥볼을 날렸잖아. 너네 아빠가 널 떠난 것도 당연하지. 넌 형편없는 찌질이니까."

그리핀은 스케이트보드를 들고 한 걸음 에릭에게 다가왔다. 그리고 마치 그걸로 에릭을 내리치려는 듯 스케이트보드를 치켜들었다. 에릭은 움찔해서 한발 뒤로 물러섰다. 그러자 그리핀은 마구 웃으며 말했다.

"바보 같은 놈, 왜 그렇게 놀라냐?"

그리핀은 요요를 갖고 놀듯이 에릭을 데리고 놀고 있었다. 에릭은 피곤했다.

"그만 꺼져."

에릭은 그리핀을 밀어젖히고 다시 걸음을 옮겼다.

에릭을 쫓아오며 그리핀이 말했다.

"넌 똑똑한 놈이잖아. 잘 생각해봐. 로젠 아줌마 집엔 물건이 많아. 분수 이상으로 많은 물건을 갖고 있다구. 넌 일종의 로빈 훗이 되는 거야. 부자한테 훔쳐서…… 그리핀 코넬리한테 주는 거지. 내 부탁을 들어주면, 다신 널 괴롭히지 않겠어."

에릭은 발걸음을 재촉했다. 손으로 귀를 막고 달려 도망치고 싶었지만, 그리핀에게 그런 모습을 보이고 싶진 않았다.

그리핀이 뒤에서 계속 외쳤다.

"넌 똑똑한 놈이야. 30, 12, 26! 내가 이 번호를 정말 사용하길 바라는 거야?"

에릭은 그리핀의 말을 듣지 않으려 애쓰면서 계속 걸었다. 물론 사물함 비밀번호 정도는 내일 당장 새것으로 바꿀 수 있다. 하지만 에릭은 그리핀이 언제라도 사물함을 열 방법을 찾아낼 수 있다는 걸 알았다. 현관문을 닫고 집으로 들어온 후에도 그리핀의 웃음소리는 에릭의 귀에서 메아리쳤다.

그리핀을 막아야 했다.

에릭은 똑똑한 아이였다. 그리핀도 그걸 알고 있었다. 어떤 방법이든 에릭은 그리핀을 막을 방법을 찾아내야 했다.

30장
돌아온 자전거

토요일, 헤이스 여사가 에릭을 흔들어 깨웠다.

"벌써 열 시다, 에릭. 하루 종일 잘 생각이니?"

엄마는 에릭이 좋아하는 할라 빵으로 만든 프렌치토스트를 가져다주었다. 에릭은 침침한 눈을 부비며 아침을 받았다. 말하고 싶은 기분이 아니었다. 그리핀에 관한 우울한 생각만 머릿속에 맴돌았다.

엄마는 가족 공동 컴퓨터 앞에 앉아 있었다. 에릭은 그 모습을 불편한 마음으로 바라봤다.

"엄마, 왜 저는 메신저를 못 쓰게 하는 거죠?"

"그 문제는 이미 끝난 얘기로 알고 있는데."

"절 못 믿는 거예요?"

"에릭. 엄마는 널 믿지만, 인터넷은 못 믿겠구나. 열여섯 살이 되면 그때 다시 얘기하자꾸나."

사실 이 문제에 대해서는 전에 이미 결론이 내려졌다. 그래서 에릭은 괴롭지만 입을 다물 수밖에 없었다. 그때 한 가지 생각이 떠올랐다.

"루디는 어디 있어요?"

"길렌스 집에 초대받아 갔단다. 그 집 쌍둥이들 생일이거든. 하이든 천문대에 갔다가 피자를 먹는다는구나. 하루 종일 집에 없을 거야."

에릭은 프렌치토스트를 한입 베어 물었다.

"엄마는 너랑 해변에 갈까 생각 중이다. 너랑 둘이서 시간을 보낸 적이 없었잖니?"

엄마는 두 잔째 커피를 따르며 말했다.

에릭은 창밖을 내다봤다. 구름이 잔뜩 꼈고 바람이 불고 있었다. 기온도 쌀쌀할 것 같았다.

"날씨가 별론데요."

"이런 날이 해변에 가기에 좋은 날이란다. 사람들이 없으니 우리가 해변을 독차지하게 될 거야. 얼른 일어나! 토스트 빨리 먹고, 옷 입고 나가자."

"엄마."

"제발, 에릭. 우는 소리 그만하고, 어서 가자. 일어나. 재미있을 거야."

엄마는 에릭과 함께 시간을 보내겠다는 의지가 단호했다. 에릭은 엄마 말을 따를 수밖에 없었다.

"운동 삼아 자전거로 갈까?"

자전거. 에릭은 자전거를 잃어버렸다는 사실을 엄마에게 미처 말하지 못했다. 에릭은 최대한 침착하게 "펑크 났어요" 하고 말했다.

엄마는 자동차 키를 들어 보이며 말했다.

"그럼 차 타고 가지 뭐."

엄마와 에릭은 원토 고속도로를 거쳐 존스 비치로 향했다. 존스 비치는 흰색과 회색 모래밭이 길게 뻗어 있는 해변으로 여러 구역으로 나뉘어 있다. 엄마는 에릭이 본 것 중에 가장 크고 황량한 주차장이 있는 제4구역에 주차를 했다. 100여 대 정도가 주차되어 있었는데, 차들이 없었다면 그곳이 마치 사막처럼 보였을 것이다. 에릭은 하늘을 올려다봤다. 비를 잔뜩 머금은 검은 먹구름이 몰려오고 있었다. 여러 번 왔던 것처럼 엄마는 앞장서서 걸었다.

"어렸을 때 모든 걸 잊고 싶을 때면 늘 왔던 곳이란다."

엄마는 바다 쪽을 보더니 잠시 멈춰 서서 짠 바다 공기를 깊이 들이마셨다.

둘은 간이매점에 들렀다. 에릭은 콜라를 골랐고, 엄마는 감자튀김을 집었다.

"여기 오니 옛날 생각이 나는구나. 고등학교 때 여름방학이 되면 이 근처에서 아르바이트를 했어. 6구역 서쪽 끝 2번 해변에서

였지. 너도 나중에 아르바이트를 할 수 있을 거야. 여름이면 가게들이 아르바이트 할 애들을 구하느라 난리거든."

"돈은 많이 주나요?"

"쥐꼬리만큼 주지. 그래도 재미는 있단다. 정말 멋진 때였어."

둘은 다시 산책로로 돌아와 오른쪽으로 방향을 틀어 서쪽으로 향했다.

"을씨년스런 날씨구나."

그래도 엄마의 목소리는 햇살처럼 밝았다.

"꼭 아일랜드 같은 날씨야. 아일랜드는 아빠랑 신혼여행 갔던 곳이야. 아일랜드 링 오브 케리의 딩글 베이란 곳이었지. 슬리고에 있는 예이츠(아일랜드의 대표적 시인으로, 1923년 노벨문학상 수상자:옮긴이)의 묘지도 들렀단다. 언젠가 너랑 루디를 데리고 거기에 한번 가봤으면……."

에릭은 엄마가 왜 신혼여행 이야기를 꺼내나 싶었다. 그런 행복했던 순간은 축제 때 하늘로 날려버린 풍선처럼 멀리 사라져버린 것 아닌가? 아빠를 생각하면서 에릭은 엄마에게 물었다. 무슨 일이 있었는지, 왜 아빠 병이 나아지지 않으며, 왜 아빠가 가족을 돌보지 않는 건지…….

"오, 에릭. 아빠는 지금도 우릴 돌보고 있단다. 그 믿음을 버리면 안 돼. 아빠는 너랑 루디를 정말 사랑하고 있어."

"그렇지만 왜……?"

에릭은 길게 얘기하지 않아도 엄마가 자기 질문을 이해할 거라고 믿었다.

"상황이 안 좋아졌을 때, 아빠는 미처 준비가 안 돼 있었단다. 아빠는 정신적인 문제가 있었어. 약을 먹으면 병을 억누를 수 있었지만, 약을 끊었을 때는……."

에릭도 그걸 잘 알고 있었다. 그동안 엄마는 에릭의 질문에 대답하면서 이미 수없이 모든 것을 말했었다. 에릭이 이해할 수 없었던 건 아픈 사람이 왜 약을 끊었냐는 거였다. 그건 말도 안 되는 일이었다. 하지만 엄마는 부작용이 아주 심하기 때문에 아픈 사람이 약을 안 먹는 경우도 많다고 했다.

"아빠는 약을 안 먹고도 병을 이길 수 있다고 생각했던 것 같아. 아빠는 언제나 정상적인 삶을 원했어. 그래서 약을 끊은 거지. 엄마는 의심했지만, 아빠는 약을 숨겼어. 그리고 얼마 후…… 아빠가 변했단다."

"저도 기억해요."

슬픈 목소리로 에릭이 말했다.

"그때 아빠는 최선을 다했고…… 지금도 최선을 다하고 있단다."

"나을 수 있긴 한 거예요? 아빠가 약만 먹으면……."

엄마는 말없이 대서양의 회색 물결을 바라봤다. 갈매기들이 파도 위를 맴돌면서 흰 포말을 향해 날아들고 있었다.

"그렇게 간단한 일이 아니란다. 약은 아빠를 황폐하게 만들었어. 약을 먹으면 나쁜 병은 가라앉지. 그런데 약은 나쁜 병뿐 아니라 아빠의 정신, 아빠의 한 부분도 파괴해버렸단다. 이해하겠니?"

에릭은 잠시 생각하다 입을 열었다.

"잘 모르겠어요."

엄마는 에릭의 어깨를 끌어안으며 말했다.

"안다, 얘야. 그렇지만 네 아빠야. 아빠는 이 세상에 단 한 명뿐이란다. 네가 할 수 있는 건 그러기 힘들더라도 아빠를 사랑하는 거야."

"네……."

에릭은 마지못해 낮은 소리로 대답했다.

엄마는 신발을 벗고 산책로에서 모래밭으로 내려갔다.

"이리 와."

엄마를 따라 내려가며 에릭은 자기도 모르게 속마음을 드러냈다.

"올해는 정말 힘들었어요."

엄마는 눈가에 손을 갖다 대며 물었다.

"앞으론 좀 나아지겠지?"

"네, 그러겠죠."

"에릭, 넌 자라나고 있는 중이야. 알고 있니?"

"매일매일 자라나고 있죠."

"그러니까 그렇게 서두를 필요는 없어. 저기 큰 유리창이 있는 건물 보이지? 존스 비치 레스토랑인데, 몇 년 동안 못 가봤네. 어때? 엄마랑 저기서 랍스터 먹자. 엄마가 쏠게."

"랍스터요? 랍스터라면 언제나 환영이에요."

그날 오후 엄마와 함께 집에 돌아왔을 때, 세 명의 남자애가 집을 찾아왔다. 팻, 하킴, 그리고 코디였다. 그들은 에릭의 자전거를 가져와 현관 앞에 눕혀놓았다. 자전거는 완전히 부서져 있었다. 바퀴살이 휘어지고 타이어는 완전히 찌그러져 있었다.

엄마는 아이들을 죽 둘러보다 망가진 자전거를 발견하곤 에릭을 불렀다.

"에릭?"

"제가 아는 애들이에요, 엄마. 괜찮아요. 알아요."

엄마는 아이들에게 짧게 머리를 끄덕이고 집 안으로 들어갔다.

에릭은 그들을 바라보면서 그 자리에 서 있었다.

"우린 생각했어…… 그러니까, 나하고 하킴하고 코디 말이야. 뭘 생각했냐면…… 음……." 팻이 허둥지둥 말을 꺼냈다.

"네 자전거가 어떻게 된 건지 알아냈어." 하킴이 거들었다.

"그건 잘못된 일이었어. 우린 그리핀한테 너무 심했다고 해줬어." 코디가 고개를 들며 말했다.

"너희가 그리핀한테 그런 말을 했다고? 그래서 어떻게 됐는데?" 에릭이 놀라 물었다.

하킴이 웃으면서 턱으로 코디를 가리키자, 주먹을 비비던 코디가 입을 열었다.

"그리핀한테 우리가 이 자전거를 너한테 돌려주겠다고 했어. 이건 팻하고 하킴의 생각이었어. 난 그냥 병풍 노릇만 했지."

"혹시 싸움이라도 한 거 아냐?"

에릭이 물었다. 그러자 코디가 고개를 흔들며 말했다.

"우린 괜찮아. 그리핀하고 난 오랜 친구야. 우린 그냥 약간 머리를 식힐 필요가 있었어."

"그래도, 그리핀 성격상 화가 머리끝까지 치밀어 올랐을 텐데."

그런데 하킴이 팻을 슬쩍 보면서 말했다.

"아니. 그리핀은 화를 내긴커녕 별로 놀란 것 같지도 않았어."

"그리핀한테 그랬지. 이제 이런 거 재미없다고." 팻이 말했다.

"와우, 이건 정말…… 어쨌든 고맙다. 이런 일이 있을 거라곤 상상도 못했어." 에릭이 말했다.

"자전거 고치는 거 도와줄게. 차고에 망치하고 드라이버 있냐? 없으면, 우리 집에서 갖고 올게." 팻이 제안했다.

그러자 자전거를 살펴보던 코디가 노련한 표정으로 말했다.

"새 바퀴하고 브레이크 선이 필요해. 이 바퀴살은 내가 다시 펼수 있을 것 같고. 안장은 완전히 망가진 것 같아. 우리 집에 안 쓰는 안장이 하나 있으니까, 그걸 쓰면 되겠다."

"코디는 기계 다루는 데 뛰어나. 나중엔 자기 차도 직접 만들걸." 하킴이 말했다.

코디가 가방에서 꼬질꼬질한 바나나를 꺼내 손으로 껍질을 쓱쓱 닦으며 말했다.

"물론이지. 포드 무스탕 같은 차를 만들 거야. 너희들이 지금은 웃겠지만, 내가 직접 만든 차를 요란하게 몰고 와서 360도 회전시켜 너네 집 앞에 멋지게 세우면, 얍!!! 그땐 누가 웃게 될지 보자구."

하킴과 팻이 큰 소리로 웃었다.

코디는 에릭을 보더니 어깨를 으쓱하며 말했다.

"얘기했던가? 난 스피드광이야. 형이 세 명 있어서, 우리 집 창고에 오래된 자전거하고 부품들이 많아. 네 자전거쯤은 어렵지 않게 고칠 수 있어."

에릭은 기절할 정도로 놀란 마음으로 코디의 말을 들었다. 바퀴살, 브레이크 선, 그리고 자동차에 대해 말할 때 코디는 다른 사람 같아 보였다. 더 행복하고 더 확신에 찬 모습이었다.

에릭은 참지 못하고 물었다.

"근데, 왜 날 도와주는 거야?"

그러자 모자를 벗고 머리를 긁적이며 코디가 말했다.

"우선 난 자전거 고치는 걸 좋아해. 그리고 이걸 고쳐주면, 너하고 난…… 그러니까 우린 서로 빚이 없는 거지. 저번에 널 때린 걸 이걸로 퉁치고 싶어. 사실 난 너랑 그리핀, 할렌백의 문제에 대해선 잘 몰라. 관심도 없고. 단지 내가 원하는 건 너랑 내가 공평한 관계가 되는 거야. 서로 앙금이 없는 관계 말이야. 지난 일은 지난 일로 흘려보내자.”

“난 대찬성이야.”

에릭이 말했다. 코디도 고개를 끄덕였다. 둘 간의 관계는 이것으로 정리되었다.

코디는 하킴과 팻을 보며 말했다.

“난 내일 그리핀하고 모터쇼 구경 갈 거다. 우리 형이 데려간다고 했거든. 관심 있냐?”

하킴과 팻은 다른 일 때문에 못 간다고 했다. 에릭이 보기엔 그리핀 때문에 그런 것 같았다. 정말 다른 일 때문에 못 가는 것일 수도 있겠지만, 이들 사이에 뭔가 변화가 진행 중인 것일 수도 있었다.

아이들은 다음주 월요일이나 화요일 학교를 마친 후 자전거를 고쳐주기로 약속했다.

아이들이 떠난 후, 정신이 약간 멍해진 에릭은 뒷마당을 배회했다. 그사이 부드럽고 차가운 비가 한두 방울 떨어지기 시작했다. 갑자기 정신이 돌아온 에릭은 급히 휴대폰 버튼을 눌렀다.

“안녕.”

행복한 목소리로 메리가 전화를 받았다.

"내가 좀 전에 누구랑 같이 있었는지 알면 정말 기절할 거야. 내일 좀 볼래? 네 도움이 필요한 일이 있어……."

에릭의 계획에 메리는 절대 반대였다. 하지만 에릭은 고집을 굽히지 않았다. 그런 면에서 에릭은 엄마를 닮았다. 에릭은 결심했다.

그때 구름이 흩어지면서, 양동이로 퍼붓듯 엄청난 비가 쏟아지기 시작했다.

31장
무승부

에릭은 전화번호부에서 번호를 찾아 다이얼을 돌렸다.

"누구요?"

"안녕하세요. 전 에릭이라고 해요. 그리핀이 있나 해서……."

"그리핀, 전화다!"

퉁명한 남자 목소리. 그리핀 아빠였다.

"누구냐?"

전화를 받은 그리핀은 자기 아빠와 똑같은 퉁명한 목소리로 물었다.

"에릭이다."

그리핀은 잠시 말이 없었다. 에릭이 왜 전화를 다 했는지 이상한 모양이었다.

"그래서?"

"얘기 좀 하자. 내일 오후 너네 집에 가도 되냐?"

"음, 음······ 안 되겠다. 내일 하루 종일 밖에 있을 거거든."

에릭이 예상한 대답이었다.

"저녁 먹고는 괜찮아." 그리핀이 말했다.

"그때는 내가 안 돼. 그럼 잊어버려. 나중에 다시 날을 잡지 뭐."

"오, 그럼 안 되지. 전화는 네가 했거든? 무슨 일인지 얘기를 해야지."

에릭은 기다렸다는 듯이 서둘러 말했다.

"로젠 아줌마 댁에서 동전을 훔쳐다 주는 일은 절대 없을 거야. 그건 바보 같은 생각이거든."

"네 맘대로 해라. 네 인생이니까." 그리핀이 빈정댔다.

"난 네가 몇 번 도둑질한 걸 알고 있어."

에릭은 짐작으로 엄포를 놓았다. 그리핀이 어떻게 반응하는지 보고 싶었기 때문이다. 골즈워디 씨의 말에서 힌트를 얻은 것이었다.

"무슨 소리 하는 거야?"

"이제 그만둬, 그리핀. 계속 그러다간 잡히고 말 거야."

"쳇, 절대 그런 일은 없을걸?"

그리핀의 대답을 보니 에릭이 추측한 대로 실제로 그런 일을 한 게 분명했다. 그리핀은 아이들의 푼돈을 훔치는 것에서 한발 더 나아가 어른들 물건까지 손을 대고 있었던 것이다. 그건 놀랍다기보다는 슬픈 일이었다.

"그런데, 네가 왜 내 일에 관심을 갖냐?"

당연한 질문이었다.

"그냥 관심이 가서."

"그래? 믿어주지."

에릭은 한숨을 내쉬었다. 갑자기 피곤함을 느낀 에릭은 길게 하품을 했다.

"그래, 네가 말하고 싶은 게 그게 전부냐?"

"그래."

그러자 그리핀이 콧방귀를 뀌며 말했다.

"시시하군."

"내가 생각해도 시시하다. 그럼 담에 보자, 그리핀."

에릭은 멋쩍은 듯 말하고 전화를 끊었다.

딸깍.

다음날 오후 1시, 에릭은 메리를 만났다. 그리핀의 집에서 한 블록 떨어진 곳이었다. 두 사람은 천천히 그리핀의 집 앞을 스쳐 지나갔다.

"도로도 텅 비어 있고, 그리핀네 집 전등도 꺼져 있어. 아무도 없다는 뜻이지."

"에릭, 이건 정말 좋지 않은 생각이야. 사상 최악의 생각이야. 나쁘기로 치자면 콩고기 햄버거나 스판덱스 원피스하고 일, 이등을 다툴 거야."

에릭은 빙그레 웃었지만, 생각엔 변함이 없었다.

"난 꼭 해야 돼. 녀석은 내 동생 돈을 훔쳤고 내 것도 훔쳐갔어. 그걸 되찾아야겠어."

"그냥 푼돈이잖아, 에릭. 그리고 그놈의 CD…… 다시 구우면 되잖아."

"내 계획은 돈을 찾고 CD를 찾는 것 이상이야."

"만약 잡히면……."

"잡히지 않을 거야. 그리핀은 오늘 하루 종일 밖에 있을 거라고 했어. 5분 전에 그리핀네 집에 전화했는데, 아무도 없었어. 그냥 들어갔다 나오면 돼. 게다가 네가 망을 봐줄 거잖아."

"누가 오면 벨을 눌러주긴 할게."

메리는 그리핀의 집 현관으로 올라가서 여러 번 벨을 눌렀다. 아무 반응이 없었다.

"그리핀이 뒷문은 항상 열어둔다고 말한 적이 있어."

에릭의 말에 메리도 안다는 듯 고개를 끄덕였다.

"들어가기 전에 차고를 확인해. 차가 없다는 걸 분명히 확인해야 돼."

그리핀의 집 뒤에는 도로 쪽으로 차고가 있었다. 에릭은 그쪽을 대충 훑어보고는 이내 고개를 돌렸다.

"잠깐! 네 휴대폰 좀 줘봐." 메리가 말했다.

"왜?"

"그냥 줘봐."

메리는 에릭의 휴대폰을 받아 자기 휴대폰 번호를 눌렀다. 그리고 자기 휴대폰이 울리자 전화를 받아 연결을 확인한 후 끄지 않고 진동모드로 바꿨다. 그런 다음 다시 에릭에게 휴대폰을 건네며 말했다.

"자, 네 휴대폰. 이제 우리 휴대폰은 서로 통화 중 상태야. 만약 안에서 어떤 문제라도 생기면, 그냥 소리만 질러. 그럼 내가 들을 테니까."

"와우, 멋지다."

"영화에서 이러는 걸 본 적 있어. 영화에선 안에 들어간 사람이 다 죽고 말았지만……."

에릭은 가볍게 고개를 끄덕이고 뒷문으로 가기 위해 몸을 돌렸다. 그때 메리가 다시 한 번 애원했다.

"에릭, 제발…… 이건 아무 의미도 없는 일이야."

"미안해, 메리."

뒷문은 소리 없이 열렸다. 에릭은 집 안으로 들어가 잠시 멈춰 섰다. 모든 근육이 긴장으로 팽팽해졌다. 마치 다섯 살 때 술래잡기 게임에서 잡힌 것 같은 기분이었다.

뒷문은 부엌으로 연결되어 있었다. 싱크대에는 접시들이 쌓여 있었고, 오락면이 펼쳐진 조간신문이 식탁 위에 놓여 있었다. 부억에서 복도로 이어진 짧은 계단에는 아무것도 없었다. 에릭은 조용히 복도로 들어섰다. 그리고 2층으로 올라가는 계단을 오르기 시작했다. 몸이 흔들리고 손이 떨렸다. 에릭은 빨리 진정되기를 바랐다.

그런데 마지막 계단을 올라섰을 때, 에릭의 귀에 어떤 소리가 들려왔다. 요란하게 코 고는 소리였다. 그랬다가 다시 조용해졌다.

에릭은 벌레처럼 벽에 달라붙었다. 움직이지도 숨 쉬지도 않았다. 코 고는 소리는 2층 복도 안쪽 침실에서 들려왔다. 에릭은 몸을 숨기고 고개만 복도로 내밀었다. 그 침실 문이 조금 열려 있었다. 집 주인 침실인 것 같았다. 밤새 놀다 온 코넬리 씨가 거기서 잠자고 있는 것 같았다.

그때 또 한 번 신음소리 같은 코 고는 소리가 들렸다. 에릭의 간담이 서늘해졌다. 위가 뒤집어지는 것 같았다. '이런 바보.' 에릭은 스스로를 욕했다. 서두르는 바람에 차고를 제대로 확인하지 않은 탓이었다. 하지만 다시 계단을 내려가 현관문으로 도망가는 대신 에릭은 꼼짝도 하지 않고 잠시 더 그곳에 머물렀다.

코 고는 소리는 일정하게, 아주 규칙적으로 들렸다.

에릭은 계단 꼭대기에서 잠시 주저했다. 에릭이 있는 곳 반대편에 욕실이 있었다. 코 고는 소리는 그 욕실 왼쪽에 있는 방에서 들려왔다. 그 옆에 있는 작은 문은 식탁, 수건 등을 넣어두는 벽장이 분명했다. 그리고 그리핀의 방은 에릭의 오른쪽 1.5미터 지점에 있었다. '잽싸게 그리핀 방으로 들어가자.' 에릭은 용기를 내 결심했다. 그리핀 방까지 들어가는 데는 몇 초도 걸리지 않을 터였다.

그리핀 방에 들어간 에릭은 발소리를 내는 스니커즈 운동화를 벗어 서랍장 위에 놓았다. 그리고 에릭이 처음 찾아왔을 때 그리핀이 보여줬던 나무상자 쪽으로 몸을 움직였다. "내 기념품들이야"라고 그리핀은 말했었다. 작은 기념품들, 과거에 거둔 승리의 전리품들. 다른 애의 재킷에서 뺏어온 기념 배지, 싸울 때 부러진 이빨, 애완동물묘지에서 뽑아온 작은 미국 국기, 자동차에서 훔쳐온 다양한 장식물, 옛날 동전 등등.

그리핀 녀석은 얼굴에 난 시퍼런 멍 자국만큼이나 애처롭고 감상적인 데가 있었다.

또 고무줄로 둘둘 묶은 두툼한 지폐뭉치도 있었다. 에릭은 고무줄을 풀고 정확히 27달러를 빼낸 후 지폐뭉치를 다시 상자 안에 넣었다. 그리고 상자를 원래 있던 곳에 정확히 가져다놓았다.

에릭은 다시 방 안을 둘러봤다. 'CD는 어디 있지?' 에릭은 침대 서랍장 옆에 쌓여 있는 잡동사니 무더기를 발견했다. 음악 CD들이었다. 에릭은 몽땅 가져갈까도 생각해봤다. 음악 CD 컬렉션을 만들 수 있는 좋은 기회였다. 그때 에릭은 아빠 CD를 넣어두었던 케이스를 발견했다. 하지만 그 안에는 아무것도 없었다. 그런데 오디오 옆에 조그만 CD 플레이어가 놓여 있었다. 에릭은 그걸 조심스럽게 열었다. 그 안에 아빠 CD가 들어 있었다. 에릭에게 시시한 음악이라고 놀려댔지만, 막상 그리핀 자신은 그 CD를 듣고 있었던 게 분명했다. 녀석은 말했었다. "솔직히 말하면, 정말 약했어. 시시했다구."

그랬던 녀석이 왜 이 CD를 즐겨 듣고 있는지, 에릭은 통 알 수가 없었다.

27달러와 아빠 CD를 챙겨 그리핀의 방을 나가려는데 한 가지 생각이 떠올랐다. 책상 위에 종이 몇 장과 펜이 있었다. 에릭은 흘끔 창문 밖을 내다봤다. 아무도 보이지 않았다. 메리는 현명하게 집에서 좀 떨어진 곳에 몸을 숨기고 있었다. 에릭은 펜을 들고 급히 종이에 휘갈겨 썼다.

이제 우린 비겼다.

그런 뒤 그 메모를 그리핀의 종이상자에 넣었다.

에릭은 다시 방문으로 가서 조용히 손잡이를 돌렸다. 그리고 바깥 소리를 듣기 위해 귀를 기울였다. 그런데 뭔가 달라졌다. 아무 소리도 들리지 않았다. 코 고는 소리가 들리지 않았다.

에릭은 방문에 귀를 대고 소리를 포착하려 애썼다. '지금쯤이면 코 고는 소리가 들려야 하는데.'

그런데, 우씨! 코 고는 소리 대신 화장실 물 내리는 소리가 들려왔다.

전직 미식축구선수 같은 거구의 코넬리 씨가 5미터 떨어진 화장실에 쪼그리고 앉아 있었던 것이다.

에릭의 간이 콩알만 해졌다. 숨도 제대로 못 쉴 정도였다. 에릭은 몸 안의 모든 근육, 신경섬유와 신경세포를 동원해 바깥 소리에 귀를 기울였다. 여러 소리들이 들렸다. 수돗물 흐르는 소리, 벽에 걸린 뭔가가 철컹거리는 소리, 타일 밟는 발소리, 화장실 문 열리는 소리, 그리고 쿵, 쿵, 쿵 하는 소리.

그 거인은 잠에서 깼을 뿐만 아니라(이런, 젠장!) 아래층으로 내려가고 있었다.

32장

탈출

에릭이 처음 떠올린 생각은 창문으로 탈출하자는 것이었다. 창문 바깥 난간을 타고 뛰어내려 도망가는 것이었다. 하지만 그러다 자칫 발목이 부러질 수도 있었다. 더 좋은 방법을 찾아야 했다.

현관은 계단 아래쪽과 바로 이어져 있었다. 무작정 계단을 뛰어 내려가 현관문을 열고 달아나는 건 어떨까? 코넬리 씨가 미처 반응할 겨를도 없이 말이다. 그래, 그거다!

에릭은 살금살금 그리핀 방을 나와 계단 쪽으로 귀를 기울였다. 처음엔 아무 소리도 들리지 않았다. 하지만 잠시 후 TV 소리(시트콤의 조작된 가짜 웃음소리)가 들려왔다. 에릭은 한발 한발 조심스레 내디뎠다. 다행히 계단 위쪽 반은 벽 때문에 거실에서 보이지 않았다. 하지만 아랫부분은 거실에서 훤히 보였다.

그때 아래층에서 발소리, 냉장고 문 열리는 소리, 컵을 식탁에 놓는 소리가 들렸다. 에릭은 목욕가운을 입은 채 식탁 의자에 앉아 있을 코넬리 씨의 모습을 떠올렸다.

계단 아랫부분은 식탁에서도 훤히 보인다. 하지만 그 위험지역은 네 발이면 통과할 수 있다. 에릭은 깊이 숨을 들이마셨다. 잽싸게, 하지만 최대한 조용히 계단을 내려가는 수밖에 없다. 그럼 코넬리 씨가 미처 보지 못할 수도 있다. 시리얼 접시에 얼굴을 파묻고 후르륵거리고 있을 테니 말이다.

존 보넘(레드제플린의 드러머:옮긴이)의 드럼 솔로 연주처럼 에릭의 심장이 쿵쾅거리기 시작했다. 에릭은 천천히 계단을 내려가기 시작했다. 그리고 거의 계단 아래까지 내려오는 데 성공했다. 조금만 더 가면 현관, 자유의 탈출구다. 그런데 바로 그 순간 걸걸한 목소리가 들려왔다.

"그리핀, 너 지금 뭐 하는……."

순간 에릭의 몸에서 아드레날린이 솟구쳤다. 그는 마구 달려 문에 도착했다. 그리고 안쪽 문을 엶과 동시에 바깥쪽 문을 밀었다. 쾅, 퍽! 그런데 바깥쪽 문이 열리지 않았다. 엄청난 공포가 밀려왔다. 육중한 체구의 남자가 일어나기 위해 의자를 뒤로 밀치는 소리가 들려왔다.

'잠겼어, 문이 잠겼어! 스위치라고 하나? 그게 뭐든…… 밀거나 돌리는 게 있을 거야…….'

'그래, 이거다!' 문이 열렸다. 에릭은 현관 계단을 단번에 뛰어내려간 후 거리로 줄행랑을 쳤다. 그랬다. 그냥 달린 게 아니라

줄행랑쳤다. 그는 거리 아래쪽에서 왼쪽 모퉁이로 꺾은 후 몇몇 집 정원을 가로지르다가 다시 다른 거리로 달려 내려갔다.

그렇게 달리다가 전에 메리가 데려왔던 작은 공원까지 왔다. 에릭은 숨을 헐떡이며 벤치에 주저앉았다. 심장이 여전히 가쁘게 뛰었고 정신은 혼미했다. 그는 관목 사이를 손으로 비집어 밖을 내다본 후 휴대폰을 꺼냈다. 메리와의 연결이 끊어져 있었다. 에릭은 다시 통화 버튼을 눌렀다.

메리는 분명 머리에 불이라도 붙은 사람처럼 그 집에서 허겁지겁 도망쳐 나오는 에릭의 모습을 봤을 것이다.

"에릭?"

"메리!"

"너, 괜찮니?"

"응. 난 괜찮아. 코넬리 씨가 날 쫓아왔니?"

"아니. 그냥 황당한 표정으로 현관 앞에 서 있다가 바로 집으로 들어갔어."

에릭은 깔깔 웃었다. 마음이 여전히 들떠 있었지만, 안도감이 밀려왔다.

그런데 한 가지 문제를 깨달은 건 그가 양말만 신고 있는 자기 발을 발견했을 때였다. 운동화! 에릭의 운동화는 그리핀 방에 있었다.

운동화

오전 수업시간에 그리핀 코넬리를 피하는 것은 아주 쉬웠다. 에릭은 그가 어떤 수업을 듣는지, 어떤 길로 해서 교실을 옮겨 다니는지를 다 알고 있었다. 하지만 점심시간 구내식당에서만큼은 그리핀을 따돌릴 방법이 없었다. 에릭은 무슨 일이 있어도 도망치지 않겠다고 다짐했다. 이런 것을 철학이라고까지 말할 순 없지만, 아무튼 에릭이 가진 원칙이 그랬다. 그는 어떤 문제든 꿋꿋이 그에 맞서려고 노력하는 아이였다. 그 때문에 고통 받는다 해도, 그건 일시적인 것일 뿐이라고, 그러니 두려워해선 안 된다고 생각하는 아이였다.

에릭은 그리핀이 오는 걸 보지 못했다. 에릭은 맞은편에 앉은 메리가 자기 디저트를 뺏어먹지 못하게 막느라 정신없었다. 그때 메리가 고개를 들더니 눈이 휘둥그레졌다. 에릭이 메리의 시선을 따라 몸을 돌리는 순간 그리핀이 에릭 뒤로 지나가고 있었다. 어떤 메시지를 전하려는 것처럼 그리핀의 팔꿈치가 아주 부드럽게 에릭의 뒤통수를 스치고 지나갔다. 그리핀은 뒤돌아보지도 않고 말 한마디도 없이 앞만 보며 계속 걸었다. 사실 그는 말할 필요도 없었다. 그의 발이 모든 것을 말해주고 있었다.

그리핀은 에릭의 운동화를 신고 있었다.

그리핀은 에릭과 메리에게 등을 돌린 채 자기 식탁에 털썩 주저 앉았다. 어쨌든 에릭과 그리핀은 비긴 것이다.

언제나처럼 코디가 그리핀 옆에 앉았다. 코디는 팔을 크게 벌렸 다가 두 주먹을 부딪치면서 떠들어대기 시작했다. 나스카 자동차 경주대회에서 벌어졌던 충돌 사건을 얘기하고 있는 것 같았다. 코 디의 얘기에 신제이와 드루피가 웃어댔지만, 그리핀은 말없이 식 판 위에 있는 버터롤 빵을 집어 들었다. 그렇게 삶은 계속되고 있 었다.

그리핀의 식탁 끝 쪽에서는 하킴과 팻이 다른 애들과 따로 조 용히 얘기를 나누고 있었다. 그런데 빈 의자가 하나 있었다. 에릭 은 잠시 그 의자 주인이 누군지 생각했다. 그러다 불현듯 떠올랐 다. 빈 의자는 할렌백 자리였다.

"저쪽은 그만 좀 볼래?" 메리가 투덜댔다.

"미안."

그때 두 명의 여자애가 에릭과 메리의 테이블에 합류했다. 샨텔 과 소피였다. 그들이 자리에 앉자 메리는 에릭에게 윙크를 보내며 소리 내지 않고 입모양으로 말했다.

"말했잖아."

메리는 자기들 식탁이 어울리지 않는 인형들, 그러니까 용수철 인형 상자 속에서 튀어나오는 피에로 인형, 네모난 바퀴를 가진 트럭, 마르고 약한 남자애, 못생긴 여자애 들로 가득 찰 거라고 장담했었다.

"학교 끝난 다음에 만날래?" 에릭이 물었다.

"그러자. 내일 과학시험이 있어서 공부 좀 하려고 했지만……."

"네가, 공부를? 엄청난 뉴스군. 방송사에 알려줘야겠다."

그러다 에릭은 과감하게 말했다.

"도서관에 가서 함께 공부하면 되겠다."

메리도 대찬성이었다.

주위를 둘러보던 에릭은 식당 한쪽 구석에 혼자 앉아 있는 할렌백을 발견했다. 그는 메리에게 말했다.

"바로 돌아올게."

에릭이 다가오는 걸 본 할렌백은 쪼그리고 앉아 고개를 숙인 채 점심만 꾸역꾸역 먹었다. '사람들 눈에 띄고 싶지 않은 거구나.' 에릭은 생각했다.

"헤이."

에릭이 알은체하자, 곱슬머리의 할렌백이 고개를 들었다. 눈 주변이 빨갰고 혈색은 창백했다. 지난여름 농구장으로 비틀거리며 도망쳐 오던 그를 처음 봤을 때와 별로 달라진 게 없는 모습이었다. 할렌백은 늘 불안하고 긴장된 모습이었다. 케첩 보이.

"괜찮니, 할렌백?"

에릭을 올려다보는 할렌백의 눈에 공허함이 깃들어 있었다. 예전에 보였던 증오는 보이지 않았다. 냉소적인 눈빛도 사라졌다. 그저 패배의 눈빛만 남아 있었다. 그는 이용되고 학대당하다가 또다시 그리핀의 식탁에서 추방된 신세였다.

에릭은 메리가 앉아 있는 쪽을 가리키며 말했다.

"저기에 자리가 있어. 네가 원한다면."

에릭이 가리킨 식탁을 흘끔 쳐다본 할렌백은 인상을 쓰더니 머리를 흔들었다.

에릭은 어깨를 으쓱하며 말했다.

"언제라도 맘이 바뀌면……."

그때 뭔가가 에릭의 눈을 끌었다. 할렌백의 셔츠에 꽂혀 있는 배지였다.

"그 배지 뭐냐? 네가 그 배지를 꽂고 있는 걸 한 번도 본 적이 없어서 말이야."

할렌백이 자기 배지를 내려다봤다. 야구장 모양의 배지였다. 할렌백은 그리핀 쪽을 잠깐 바라보더니 에릭에게 말했다.

"어떤 애한테 빌려줬다가 오늘 아침에 돌려받았어. 뉴욕 메츠 홈구장 모양의 배지야. 시즌 개막전 때 받은 거지."

"멋있다. 난 오하이오에서 컸기 때문에 보스턴 레드삭스 팬이 됐어. 레드삭스 팬은 이 학교에서 나뿐일 거야."

잠시 생각하던 할렌백이 말했다.

"이젠 롱아일랜드에 사니까 메츠 팬이 돼야 할 거야."

"생각해볼게. 그렇지만 모태 응원팀을 바꾸는 건 어려운 일이야. 무슨 말인지 알지?"

그러자 할렌백은 에릭이 도저히 알 수 없는 표정을 지었다.

'뭐 어쨌든.' 에릭은 굳이 할렌백의 친구가 될 필요까지는 없었다. 지금 에릭에게 중요한 건 자기 스스로 잘 지내는 것이었다.

휴식시간에 에릭은 농구장에서 슛 연습을 했다. 팻과 하킴, 그리고 다른 아이 몇 명도 같이 어울렸다.

"올해 개편되는 농구부에 입단 신청할 거냐?" 팻이 물었다.

"내가 입단할 수 있을 것 같냐?"

에릭이 되묻자, 팻은 하킴에게 패스하며 말했다.

"뭐, 어떻게 될진 알 수 없지. 그렇지만 신청해보는 게 좋을 거야. 떨어지더라도 말이야. 농구부 코치가 널 보고 네 이름 정도는 기억하지 않겠냐? 뭐든 시도해볼 가치는 있어. 우리 아빠가 늘 하는 말이지."

그때 하킴이 끼어들며 말했다.

"뽑히는 건 대부분 3학년이야. 작년에 2학년 중에선 달랑 세 명만 뽑혔다더라."

에릭은 공을 드리블한 후 손가락으로 돌리다가 팻에게 패스했다. 공을 받은 팻이 말했다.

"다음주부터 체육관이 개방돼. 가보면 알아. 애들은 그냥 가서 슛만 하지만, 코치는 그 모습을 죽 지켜볼 거야. 진짜 입단 심사는 3주 후에나 있어."

에릭은 고개를 끄덕이며 말했다.

"그래, 좋은 소식이구나."

에릭은 팻에게서 공을 가로챈 후 농구장 구석 쪽으로 드리블해 가며 외쳤다.

"공격시간 5초. 5초, 4초, 3초, 2초……."

그러곤 롱슛을 던졌다.

오렌지색 공이 무지개 같은 포물선을 그리며 철썩 하고 링 그물망을 통과했다.

에릭은 손을 컵 모양으로 오므려 입에 갖다 대고 외쳤다.

"헤이스 선수, 골인입니다! 골인! 드디어 벨포트 센트럴 중학교가 우승했습니다. 관객들은…… 완전…… 광란의 도가니입니다!"

34장

승리의 버저비터

시간이 흘렀다. 시간이 하는 일은 강물처럼 그냥 흐르는 것뿐이다. 11월이 왔고, 11월과 함께 농구 시즌이 돌아왔다.

기적적으로 에릭은 농구부 입단에 성공했다. 13명의 농구부원 중 단 두 명뿐인 2학년 선수였다. 에릭이 입단 심사를 통과한 날은 정말 오랜만에 맛보는 행복한 날이었다. 엄마는 축하를 해주기 위해 에릭과 루디를 시내로 데리고 가 엄청나게 큰 선디 아이스크림을 사줬다.

"살아가는 데 음악이 꽤 도움이 된단다." 언젠가 아빠가 말했었다. 에릭에게도 음악은 정말 큰 도움이 되었다. 무엇보다 에릭은 기타와 앰프를 갖고 있었다. 그는 매일 밤 머리에 헤드폰을 쓰고 음악 코드를 생각하면서 기타를 쳤다. 어려운 주법과 코드 진행법 같은 기술을 배워서 악보를 보거나 생각하지 않고 거의 자동적으로 연주할 수 있을 때까지 연습하기로 했다. 가슴속에 맴돌고 있는 어떤 곡, 아직 완성되지 않았지만 어둠 속에서 서서히 떠오르고 있는 어떤 멜로디, 그 곡과 멜로디를 완성해 세상에 보여주고 싶었기 때문이다.

그럴 때마다 에릭은 손에 기타를 들고 아빠를 생각했다. 기타를 들고 있을 때면 아빠를 직접 느낄 수 있었다. 그리고 바로 그 순간 아빠와 변함없는 사랑을 나눌 수 있었다.

에릭은 몇 장의 편지를 써서 아빠에게 보냈다. 특별한 내용을 담은 편지는 아니었다. 심각하거나 거창한 내용은 하나도 없었다. 그렇지만 그건 하나의 새로운 시작이었고, 에릭은 그 시작이 어떤 결과를 가져올지 알고 싶었다. 에릭은 항상 '사랑해요, 아빠'라는 말로 편지를 끝맺었다. 그 말은 필요한 전부였고 모든 것을 말해주는 단 하나의 진실이었다.

에릭은 그리핀에 대해서도 생각했다. 그후로 둘은 한 번도 얘기를 나누지 않았다. 그리핀은 에릭이 물건을 되찾아간 것이나 자기가 신은 스니커즈 운동화에 대해 단 한 마디도 하지 않았다. 둘 사이에 암묵적인 협정이라도 체결된 것 같았다. 어쨌든 그 이유는 칠판에 하얀 분필로 쓴 글씨처럼 분명했다.

에릭은 결국 그리핀이 자기를 괴롭히는 데 싫증났다는 걸 알았다. 사람들은 어떤 일이든 용서하고 잊어버리기 마련이라고 말하지만, 그리핀의 경우엔 그저 잊어버리는 것 같았다. 따라서 모든 문제가 그렇게 끝나버렸다. 공연의 마지막을 장식하는 거창한 커튼이 내려온 것도 아니고, 영화가 끝나면 크게 확대되어 나오는 '끝'이란 글자 같은 것도 없었다.

얼마 전, 에릭은 복도를 내려가다 그리핀을 봤다. 그는 에릭이 거의 모르는 남자애와 여자애 들로 이루어진 새 친구들과 함께 있었다. 그리핀은 백만 불짜리 미소를 지으며 예전과 다름없는 자신만만한 태도로 아이들과 얘기를 나누고 있었다. 그리고 그 옆에는 어떤 여자애, 바로 알렉시스 브라운이 있었다. 둘은 완벽한 짝을 이루고 있었다.

그리핀은 에릭을 보지 못한 것 같았다. 하지만 그리핀을 항상 예의 주시하고 있던, 그리고 자신이 완전히 안전하다고 느낄 정도로 그리핀을 절대 신뢰하지는 않고 있던 에릭은 그리핀을 봤다. 그런데 아주 짧은 순간, 에릭은 자기에게 향한 그리핀의 시선을 느낄 수 있었다. 그도 에릭을 본 것이다……. 하지만 그리핀은 어떤 반응도 보이지 않았다. 그의 눈에는 에릭이 복도의 다른 아이들과 다를 바 없는 것처럼 보이는 듯했다. 관심도 없는 애, 그래서 자신의 적도 희생자도 아니고, 꼬셔야 할 대상이나 괴롭혀야 할 대상도 아닌 그런 애 말이다.

그날, 그리고 그후로도 아무 일도 벌어지지 않았다. 어떤 '사건'도 전혀 없었다. 벨포트로 이사 온 이후 처음으로 에릭은 악당 친구도, 왕따도, 방관자도 아니었다. 그는 단지 에릭 헤이스였다. 어떤 문제든 피하지 않고 꿋꿋이 그에 맞서려 노력하는 중2 학생, 도

전과 혼돈의 힘든 세월이 기다리고 있는 10대 소년, 바야흐로 곧 첫사랑이 생기고 그녀와 첫 키스를 하게 될지도 모를 행운의 남자, 그리고 무엇보다도 자기 팀을 승리로 이끄는 골을 넣고 싶은 벨포트 센트럴 중학교 농구부 선수. 그게 바로 에릭 헤이스였다.

에릭은 상상의 나래를 펼쳤다.

승리의 버저비터 골을 넣은 에릭이 의기양양하게 관중석 앞으로 달려가자, 온 관중이 환호성을 지르며 자리에서 벌떡 일어났다.

그 속에 에릭을 응원하는 아빠의 모습이 보였다.

작가의 말

많은 사람들의 도움이 없었다면 이 책을 쓰지 못했을 것이다. 특히 크리스 베르제르, 조디 먼로, 앤디 베이커, 젠 스타일, 브루스 올리버, 매트 파난의 도움이 컸다. 나의 방문에 귀찮은 기색 없이 문을 열어주고 질문에 기꺼이 답해준 것은 물론, 깊은 통찰력을 제공하고 어떤 경우에는 기꺼이 이 책의 초고까지 읽어준 이들에게 감사드린다.

페이월 & 프렌즈 출판사의 모든 직원, 특히 이 책의 편집자이자 나의 훌륭한 친구 리즈 스자블라에게도 깊은 감사를 전한다. 리즈와 함께 일하는 동안 나는 햇빛 찬란한 하늘 밑을 어슬렁거리며 "와우, 난 정말 끝내주게 운이 좋은 놈이야!"라고 중얼대는 행운아가 된 느낌이었다. 리즈는 하루도 빠짐없이 나에게 그런 행복감을 선사했다.

청소년 폭력 및 괴롭힘에 관한 자료를 수집하는 동안, 마틴 루

238

서 킹 목사의 말들을 여러 책, 블로그, 웹사이트에서 발견할 수 있었다. 그 말들은 모두 마틴 루서 킹 목사가 말한 이른바 '무시무시한 침묵'에 관한 것이었다.

마틴 루서 킹 목사의 말 중에 유명한 말들이 많지만, 나는 그중 하나를 이 책에 소개하고 싶었다.

"결국 우리는 적의 말이 아니라 우리 친구들의 침묵을 기억하게 될 것입니다."

이제 더 이상 침묵하며 앉아 있어서는 안 된다.

모두 일어나 목소리를 내자.

학교 폭력과 왕따,
가장 무서운 적은 침묵과 방관이다

최근 학교 폭력과 왕따, 그리고 피해 청소년의 고통이나 자살에 관한 뉴스를 자주 듣게 된다. 이런 뉴스가 많아진 것은 실제로 그런 일이 많이 발생하고 있으며, 그 피해의 정도도 아주 심해졌다는 것을 의미한다. 그래서 많은 학부모들은 늘 걱정이다. 내 아이가 갈수록 심해지는 학교 폭력과 왕따의 피해자가 되는 건 아닐까? 내 아이가 그런 피해자가 되지 않게 하려면 어떻게 해야 하나? 어떤 경우에는 내 아이가 그런 사건을 목격해도 나서지 말라고 가르치기까지 한다. 언제나 중요한 것은 '내 아이'다. 내 아이만 무사하면 되는 것이다. 문제는 그렇게 해서 다수의 '내 아이'들의 침묵과 방관이 시작되었고, 그런 침묵과 방관을 자양분 삼아 학교 폭력과 왕따가 힘을 키웠다는 것이다.

많은 경우 조직된 소수는 조직되지 않은 다수를 지배한다. 그래서 이른바 '일진'이라는 조직된 소수가 학교를 지배하게 되었고, 그러는 동안 다수의 '내 아이'들은 파편화되어 이들의 지배를 받게 되었다. 그리고 침묵하게 되었다. 물론 우리 아이들의 침묵(사실은 부모들의 침묵이다)은 개인적으로는 피해를 최소화하기 위한 지극히 합리적인 선택이다. 그러나 각각의 개인이 최선의 선택을 해도 전체적으로는 오히려 나쁜 결과가 초래되는 일이 비일비재하다. 이 것이 개인의 이익의 합이 전체적으로는 이익이 되지 않는 그 유명한 '구성의 오류'다. 학교 폭력과 왕따 문제에서 이런 구성의 오류는 전체적으로 공포라는 최악의 결과로 되돌아왔다. 우리 아이들을 학교에 보내기가 불안해진 것은 이 때문이다.

이런 구성의 오류를 깨기 위해서는 우리 모두가 최선의 선택만 고집할 것이 아니라 차선의 선택을 하는 지혜를 발휘해야 한다. 조금 덜 침묵하고 조금 덜 방관하는 것이 그것이다. 모두가 조금 덜 침묵하고 조금 덜 방관하다 보면, 다수가 서로의 뜻을 이해하고 공감하면서 조직된 소수에 대응할 수 있는 거대한 힘이 생긴다.

그러나 현재의 상황에서 각 개인(학부모와 아이들)이 스스로 알아서 이런 차선의 선택을 하는 것은 사실상 불가능에 가깝다. 누구라도 먼저 나서면 먼저 피해를 볼 가능성이 높기 때문이다. 따라서 우리 학부모와 아이들이 차선의 선택을 할 수 있도록 사회와 학교가 제도적인 조건을 마련해줘야 한다. 이와 관련해 정부와 교육당국, 그리고 여러 단체가 많은 방안을 제시하고 있는 것으로 알고 있다. 그러나 결국 가장 중요한 것은 아이들이 믿고 솔직히 말할 수 있는 제도를 만드는 것이다. 그리고 그런 제도를 강화하고 활성화시켜 진정으로 살아 있는 제도로 운영하는 것이다. 그런 제도적 바탕 위에서 우리와 우리 아이들이 서서히 목소리를 내기 시작할 때, 학교 폭력과 왕따의 사악한 힘은 서서히 사라질 것이다. 우리가 계속 침묵하면? 마틴 루서 킹 목사의 말대로 '결국 우리(피해자)는 적의 말이 아니라 친구들의 침묵을 기억하게 될 것이다'.

우리는 이제 더 이상 침묵하는 친구로 남아 있어서는 안 된다. 외면하고 침묵하는 친구는 적보다 더 무서운 적이다. 제임스 프렐러가 『방관자』에서 말하고자 한 게 바로 이것이다. 학교 폭력과 왕따라는 처참하고 심각한 문제를 해결하기 위해 우리 모두 지혜와 용기를 발휘해야 할 때다.

『방관자』 다시 보기

김수란(부산 성동중학교 국어교사)
이환희(부산국제고등학교 1학년)
김민수(부산금성고등학교 1학년)

이렇게 에릭은 따돌림을 극복하고 그리핀으로부터 벗어나며 비로소 왕따도, 방관자도 아닌 '에릭 헤이스'가 됩니다. 그 이후 에릭의 삶은 어떻게 되었을까요? 그리고 그후 그리핀의 삶은 어떻게 이어졌을까요? 벨포트 센트럴 중학교에서 아이들의 문제는 해결된 것일까요?

『방관자』는 많은 질문을 우리에게 남겨줍니다. 이는 이 책이 현재 우리나라의 학교 모습과 놀랍도록 많이 닮아 있기 때문이에요. 할렌백의 눈물에 한숨짓고, 그리핀의 발길질에 분노하면서, 여러분이 다니고 있는 교실의 풍경이 떠올랐을 겁니다.

그래서 여기, 여러분이 이 책을 조금 더 깊이 읽게 도와줄 열 개의 열쇠를 준비했습니다.

1. 친구

그리핀, 에릭, 할렌백, 코디, 드루피, 메리 등 책 속 인물들 중 여러분과 가장 닮은 인물은 누구인가요? 또는 주변 친구와 비슷한 인물은 없었나요?

드루피를 포함한 많은 친구들이 그리핀의 말에 따르는 이유는 무엇일까요? 여러분과 친구들 사이의 관계는 그리핀과 그리핀 친구들 사이의 관계와 어떤 점이 같고, 다른가요?

2. 왕따

'케첩 보이' 할렌백의 행동은 사건이 전개될수록 어떻게 변화해 가나요? 그리고 할렌백의 변화는 무엇 때문일까요?

할렌백이 따돌림 당하는 이유는 무엇일까요? 할렌백의 변화는 어쩔 수 없는 것이었을까요? 여러분의 학교생활을 떠올렸을 때, 학교에서의 따돌림은 왕따 자신의 책임이 더 클까요, 개인을 둘러싼 공동체의 책임이 더 클까요?

3. 어른

에릭의 아버지와 어머니, 그리핀의 아버지, 로젠 아줌마, 할머니, 학교보안관 등 이 책에 나오는 어른들을 떠올려봅시다. 아이들 사이에 불거진 사건에 대처하는 어른들의 행동은 아이들의 문제를 해결하는 데 실질적인 도움을 주었나요? 만약 그렇지 않다면, 이 책 속 어른들은 어떻게 대처했어야 할까요?

우리의 학교생활을 떠올렸을 때, 아이들 사이의 문제에서 어른들의 개입은 어떤 영향을 미치나요? 어떻게 해야 문제를 해결할 수 있을까요?

4. 가족

에릭의 가족에 얽힌 이야기와 그리핀을 둘러싼 가족의 상황을 떠올려봅시다. 에릭과 그리핀은 자신의 아버지와 각각 어떤 관계에 있나요? 이것은 에릭과 그리핀이 친구와 맺는 관계에 영향을 미치나요?

5. 피해자/가해자

그리핀은 잘생기고 눈치가 빠르며 리더와 같은 아이로 묘사됩니다. 그런 그리핀이 학교 폭력의 가해자가 된 이유는 무엇일까요?

그런데 피해자인 할렌백 역시 에릭을 제물로 해서 스스로 가해자가 되려 합니다. 그 이유는 무엇일까요?

6. 방관자

방관자 효과(bystander effect)에 대해 인터넷이나 책을 통해 찾아봅시다. 방관자 효과는 무엇인가요? 그리고 이 책의 제목을 '방관자'로 한 이유는 무엇일까요?

여러분이 이 책 속에 등장하는 장면과 비슷한 상황에 처했을 때, 교실에서 방관자였던 적은 없나요? 그렇다면 이 책 속 방관자에게도 잘못이 있을까요?

그렇다면 스코필드 선생님이 '우리는 시키는 대로 한다'라는 문장을 통해 말하고 싶은 것은 무엇이었을까요?

7. 사이버 폭력

크리시와 알렉시스는 메리를 시켜 가짜 웹페이지를 만들어 샨텔을 공격하려 합니다. 그리고 메리가 도와주지 않자 몇몇이 모여 웹페이지를 만들어 샨텔의 모욕적인 사진과 '샨텔이 뚱뚱한 10가지 이유'라는 제목의 글을 유포시킵니다. 그리핀의 폭력과 이들의 사이버 폭력을 비교해봅시다.

8. 결말

책 속 결말이 실제 학교의 모습과 비슷한가요? 결말이 마음에 들거나, 마음에 들지 않는다면 그 이유를 이야기해봅시다.

9. 학교

현재 내가 다니고 있는 학교의 모습과 내가 원하는 학교의 모습을 나란히 그려봅시다. 학교 건물은 어떻게 생겼는지, 교실의 모습은 어떤지, 학생의 수는 얼마나 되는지, 학교 구성원 간의 관계는 어떠한지, 구체적으로 상상해보세요.

10. 주제

권력이나 폭력에 굴복하지 않을 수 있는 용기는 어디에서 얻을
수 있을까요?

다음의 빈 칸을 채워보세요.

'이 책은 (　　　　　)다.'